SOMOS TODOS
CAIM

SOMOS TODOS
CAIM

Clarice Müller

Diadorim
EDITORA

© Clarice Müller

Editores
Denise Nunes
Lívia Araújo
Flávio Ilha

Preparação de texto
Reginaldo Pujol Filho

Revisão
Samla Borges Canilha

Projeto gráfico e capas
Studio I

Grafia atualizada segundo o Acordo Ortográfico da Língua Portuguesa de 1990, que entrou em vigor no Brasil em 2009.

Dados Internacionais de Catalogação na Publicação (CIP) de acordo com ISBD

M958s Müller, Clarice
Somos todos Caim/Clarice Müller
Porto Alegre - RS : Diadorim Editora, 2021
92 p.; 14 cm x 21 cm
ISBN 978-65-990234-8-4
1. Literatura brasileira. 2. Contos. I. Título.
CDD 869.8992301
CDU 821.134.3(81)-34

Índice para catálogo sistemático
1. Literatura brasileira : Contos 869.8992301
2. Literatura brasileira : Contos 821.134.3(81)-34

Todos os direitos desta edição reservados à

www.diadorimeditora.com.br

SUMÁRIO

1. Dança da hora	**7**
2. Joelma na janela	**14**
3. Anchorage, Alasca	**21**
4. O que o vento varre	**26**
5. Contra a parede	**29**
6. Fora do movimento	**35**
7. *Unforgetable*	**38**
8. A metade da laranja	**40**
9. Sábado de Aleluia	**46**
10. O mundo pelo avesso	**50**
11. Tsunâmi	**55**
12. Fio da meada	**59**
13. O chamado	**64**
14. Senhor X	**68**
15. O bosque	**74**
16. Pinos redondos nos buracos quadrados	**78**
17. Somos todos Caim	**85**

Para Miqui,
com amor e saudade

DANÇA DA HORA

A tosse é a primeira a se manifestar. Antes de abrir os olhos, conferir a hora no rádio-relógio e tatear com a ponta dos pés os chinelos que nunca estão na posição certa, a tosse avisa Malu – e o prédio inteiro – de que mais um dia está começando e de que a pesteada do 403 fará sua parte na orquestra matinal com todos os seus sinais de idade e de péssima saúde, que a fazem refém da maior rede de farmácias do sul do país, da qual se encontra tão dependente que questiona sua decisão de ter trocado as drogas ilícitas pelas lícitas – estas sequer dão barato, além de custarem uma fortuna. Reflexões para antes do café, cada vez mais ralo, porém ainda imprescindível. Até pouco tempo atrás, a xícara cheia até a borda era acompanhada da leitura do jornal da manhã, mas, um dia, bateu-lhe asco a imundície que ele propagava e, quando ficou claro que todo mundo mente e que as *fake news* eram a regra, e não a exceção, ela passou a pilha de jornais velhos para a vizinha cachorreira do 209 e nunca mais abriu uma página de qualquer diário. O universo digital mereceu igual tratamento. Desconectou WhatsApp, Facebook, Instagram, todas as redes e grupos de uma vez só. A partir de então, para falar com ela, só por um simples telefone para recados, novidades, etc. – ou por carta, pra quem ainda lembrar o que é isso. Para saber das coisas em geral, o elementar: ir para a rua, ver, ouvir, sentir. Não exige prática nem habilidade perceber a merda em que nos encontramos.

A decisão provocou uma revoada de amigos batendo à sua porta, mas não durou muito o turno das visitas. Jairo foi o único a não se dar por vencido. Depois de décadas percorrendo a mesma estrada, não deixaria sua velha parceira de guerra partir para tal tolice justo numa idade em que conexão é fundamental, ainda mais morando sozinha num condomínio em que até motorista de Uber recusa corrida. Ele chega despejando planos, soltando o verbo enquanto tenta encontrar um canto onde sentar no meio da papelada e da sujeira que toma conta do apartamento. Malu percebe a repugnância dele: faxineira bolsominion de carteirinha não dava, mas ao menos deixava a casa limpa e a tosse seria menor, ele contrapõe. Ela responde com mais tosse. Ele dá de ombros; ela já é bem grandinha pra se cuidar. Agora vê se te liga e volta pra rede, fico preocupado contigo aqui sozinha. É tocante a preocupação dele, tem vontade de cobri-lo de beijos quando age assim, carinhoso, atento, e é isso que planeja dizer, mas a voz não sai, a língua parece pesar uma tonelada, os olhos teimam em fechar, está tudo borrado, feio. Melhor dormir por aqui mesmo – se os outros deixassem, se não ficassem dando tapas na sua cara, erguendo suas pálpebras de qualquer jeito, chamando seu nome aos gritos. Ela não é surda, pra que tanto escândalo?

Quando o cenário recupera sua nitidez e a voz de Malu sai rascante como sempre, a médica do serviço de ambulância chama Jairo e aponta a mesinha de cabeceira, onde remédios de todas as tarjas ocupam a superfície. Lexotan, Prozac, Rivotril, Zoloft. Jairo ergue as sobrancelhas: nada a declarar. A médica dá alguns conselhos – que serão ignorados –, estende para Jairo uma receita e a equipe médica sai. Ele tenta moderar a voz, falar com paciência, assim como ela promete cumprir tudo o que a médica mandou e voltar a consultar com o psiquiatra regularmente e não se entupir de remédios, mas diga, sinceramente, o que se faz com essa dor que espezinha nossos sonhos, como lidar com o que é feito com o país, o mundo, o planeta? Não há resposta para essa pergunta. Malu sabe que há dias em que

Jairo também deseja um coquetel poderoso para sair do ar ou, no mínimo, não se importar tanto. Talvez seja hora de o Brasil mostrar sua cara, mesmo que essa medusa seja capaz de nos matar. Talvez seja hora de a humanidade ir pro pau e as baratas tomarem conta. Com um legado desses, melhor acabar de vez. Mas aí uma lembrança os socorre: passeata das Diretas Já, aquela gente toda ocupando as ruas do Centro, bandeiras, apitos, faixas, uma alegria só, amigos e gente conhecida por todos os lados acenando e cantando uma mesma canção, a Lancheria ficando pequena para abrigar a turma que compareceu em peso, o povo se espalhando pela Osvaldo atrás de uma cerveja e um canto onde festejar o brilho da noite. A humanidade era bela. O resultado demorou a aparecer, mas veio. Agora, porém. O entardecer traz sombra para o quarto, que não precisa da falta de luz para estar mais triste. Ele se estende na cama ao lado dela, e os dois dormem de mãos dadas.

A aurora ainda se aninha nos braços da madrugada quando despertam ao som de um funk estridente (funk é como chamam todos os ritmos que não apreciam). O alto volume do som faz com que se dirijam à janela, Jairo pronto para correr com o desgraçado filho da puta, mas o que veem é um homem que enlaça uma mulher e, colados, se põem a dançar de tal modo que não dá para parar de ver, não dá para reclamar, pedir para baixarem o volume ou saírem dali. Ficam Jairo e Malu, sonolentos e extasiados, na janela, querendo ter um naco daquela vibração, entregues ao prazer da música e de seus corpos. Diferentes ânimos, de natureza mais exaltada, digamos, também despertam ao som do funk e vão para as janelas correr com o desgraçado filho da puta, e pouco se lhes dá que aqueles dois, de aparência tão bela e descontraída, estejam ou não amealhando trocos e moedas para sustento próprio e dos filhos ou se, num ímpeto de ousadia, tenham feito da rua o palco de sua paixão, ou mesmo se, por generosidade ou amor ao próximo, tenham decidido compartilhar o que a todos carece sobremaneira: alegria. Quando as ameaças não surtem efeito, saem os exaltados, ainda de pijamas, apontando o dedo para os dançarinos e lançando invectivas e ameaças de apelo à ordem policial, essas coisas que dizem os que se julgam detentores de direitos exclusivos sobre todos. Do que não se dão conta, os donos da razão e do verbo, é que não estão sós, que há uma plateia formada por uma massa considerável de trabalhadores aguardando o ônibus que, atrasado, acumula passageiros sob as paradas. A vaia que os resmungões escutam é fenomenal. A dança segue, sob aplausos gerais e algumas adesões. A turba irada se recolhe. As janelas dos prédios são fechadas. Jairo e Malu aproveitam para fazer um café, sorvido em silêncio. Algo daquela música, daquele fruir a vida do jeito que ela é, sem colete salva-vidas nem anteparo, como os despossuídos do mundo sempre fizeram, calou fundo, despertou consciência e, mais do que isso, desejo de ação. E é isso que ela externa para Jairo: quer lutar, enfrentar o inimigo, partir pras cabeças, pra luta armada, pro que for. Se é pra se cagar de medo, que seja no embate, não encolhida embaixo da cama. Ele gargalha. Com esse físico, esse corpo tremelica que não acerta a cesta de lixo a um metro e que precisa de óculos até pra ler *outdoor*? Ela alega ter outras habilidades que pode botar a serviço, mas na hora não lembra de nenhuma, exceto escrever – coisa que, segundo ele, pode fazer com mais eficácia e alcance nas redes, então deixa de ser tola e volta pro mundo real, que é virtual faz tempo. Malu conhece esse argumento, viveu a embriaguez dessa esfera que faz você se sentir ativo, partícipe das grandes questões, da cidadania a pleno, avante, marche! Só que a marcha não sai do teclado, assim como a bunda não sai do sofá. Enquanto isso, nas ruas, os ratos, ah! os ratos...

Ela acaba de falar e se desliga novamente. A ausência de reações o impressiona, parece um clone tomando o corpo de um ser humano. Mecânico, sem reconhecimento. A tosse a tira da letargia. Sacode tanto seu corpo que parece convulsão. Ele chega a pegar o telefone para chamar novamente o serviço médico, mas ela se acalma e retoma o discurso normalmente, como se nada tivesse acontecido, e se põe a explicar os significados de rede que constam no Priberam: objeto destinado a capturar peixes ou outros animais (olha a gente aí!); cilada. Quer dizer, a armadilha já está no nome, não tem escapatória. Jairo não se deixa levar: não tem escapatória se você insistir em ficar sozinha, desplugada, querida.

    Um estrondo forte vem da rua, a luz vacila e por fim cai. Ela ri. Você é que não pode ficar sem luz, que perde tudo. Eu tenho velas e livros e me conecto muito melhor assim, ponto pra vida analógica. Outro estrondo e eles correm para a janela. Confusão no outro lado da rua. Dois ônibus lotados sendo balançados de um lado para o outro pelos passageiros que não conseguiram entrar. Duas viaturas da polícia chegam roncando pneu. São recebidas aos gritos e com algumas pedradas. Um molotov cai próximo ao ônibus da linha 634; os passageiros correm para fora, apavorados. As viaturas trancam a avenida e descem com tudo. Sem se falar, os dois amigos sabem que rola a mesma recordação: greve dos federais, campanha pela anistia, uma pá de bandeiras mobilizando a massa na rua, atravessando o viaduto, e as viaturas lá embaixo, só esperando. Tropa de choque nas duas pistas. Os dois, de mãos dadas, cagados de medo. Quando o povo chegou na cabeceira, as duas frentes ficaram se encarando por uma eternidade, o nervoso crescente, até que alguém não identificado por eles caminhou até o pelotão e entregou uma rosa. Devagar abriu-se uma clareira e o povo seguiu em frente, com cânticos e palavras de ordem. Não se botava fogo em ônibus naquela época, barbárie não era normal.

    Jairo vê o casal dançarino se esgueirando contra a parede para escapar da massa que corre apavorada pela calçada. Provoca Malu: não queria ação? É agora. Descem para o saguão, apinhado de moradores amedrontados que observam tudo por trás do vidro. Na esculhambação geral, ela vê a dançarina sendo arrastada pela multidão. Seu homem vai atrás, mas não chega a tempo de alcançá-la: ele leva uma cacetada nas costas, o que o deixa caído nos degraus do edifício. Jairo abre a porta e o puxa para dentro. Outras pessoas também tentam entrar, mas o porteiro e alguns moradores impedem. O dançarino, tão magro, mirrado, parece um garotinho. Ele chama por Kenia, Kenia. Jairo vai até a porta. Nem sinal dela. A confusão se alastra. A tropa de choque bloqueia os dois sentidos do terminal de ônibus. A multidão se divide entre os que partem para o enfrentamento e os que procuram abrigo no comércio das proximidades, mas as cortinas são rapidamente baixadas e as pessoas se aglomeram sob a marquise do mercado em busca de lotações ou de outros ônibus. Grupos de mascarados jogam molotovs na direção dos ônibus que se encontram mais próximos da saída para a avenida. Uma tropa de policiais militares consegue impedir o incêndio de outro ônibus, equipes de TV se aproximam. O cheiro forte de querosene e fumaça de pneus queimados toma conta, e Malu começa a se sentir mal. Os moradores do prédio tentam reforçar a segurança da porta de entrada para impedir o acesso de pessoas que desejam se abrigar no saguão. Quase a ponto de desmaiar, Malu vê Jairo se aproximando, também exausto, emocionado. Se abraçam com força e, juntos, se põem a subir os quatro andares pela escada e no escuro. Malu respira com dificuldade, a tosse aumenta, seu corpo treme todo. Jairo a ampara como pode. O barulho de um tropel de passos se aproximando os estimula a percorrer depressa a curta distância que os separa do apartamento. O dançarino foge escada acima. A tosse não para. Malu perde as forças pouco antes de abrirem a porta, entra vacilante em casa e cai sobre o tapete. Um novo estrondo e a luz volta. Jairo corre para perto e, com a cabeça dela em seu colo, lhe dá um beijo na testa, pede que aguente tudo que puder, o socorro está a caminho. Ela sorri e balbucia: viu? A vida é isso. Nuvem é pra anjo, nós somos demônios. Com a ponta dos dedos, Malu lança-lhe um beijo. Com a ponta da saia, limpa o líquido vermelho que escorre de sua boca. Tem gosto de framboesa. Mas não é.

JOELMA NA JANELA

À tardinha, à noite, Joelma espera. Cabeleira loira, kanecalon legítima, pontas viradas pra fora como a ídola Jackie, batom bordô, rímel e camadas de pó – sem exagero pra não atrair coisa ruim, o que não falta no quarteirão, onde o colégio marista atrai de tudo, do melhor e do pior, *skinheads* inclusive, os que adoram cruz invertida e suástica tatuada na perna. Joelma sabe disso e não arreda pé da janela enquanto o Comendador não volta. Dependendo do clima, ele sai e volta cedo, mas tem dia em que some e a aflição dela só aumenta. Ela pergunta pra todo mundo que passa: você viu? Você viu? Não tem como confundir. Comendador é aquele tipo franzino, meio manco, impecável no terno completo, azul marinho no inverno, bege no verão, gravata borboleta, chapéu e bengala. Anda devagar, passo curto, um breve aceno de chapéu pra quem conhece. Não tem outro. O pessoal do teatro que mora ao lado, as moças que frequentam a pensão familiar logo adiante, os que trabalham nos ateliês, nas oficinas, na padaria e nos muquifos caindo aos pedaços que ainda abrigam os que não têm onde cair morto, esses sabem quem é o Comendador, ficam de olho, respeitam. Mas tem quem não goste de bicha, de velho, de manco, de arrumadinho, de tudo que o Comendador é e não desiste de ser. E esses também ficam de olho.

Dia de semana, quando o movimento é fraco nos botecos da zona e a rapaziada fica meio sem serviço, Joelma às vezes consegue companhia pra ir com o velho até o Floresta, onde os comerciantes e os travestis que fazem ponto na região o tratam como o rei da cocada, como ele costuma dizer, vaidoso. A carona da volta quase sempre é garantida por Juanito, um gigante castelhano das antigas que mete medo até nos negões da Flô, cafetina braba das redondezas. Isso durante a semana. Sexta-feira é outra coisa. O povo que vem nos ônibus da Farrapos, os que sobem da Osvaldo, os que vêm tragueando do Centro até o alto da avenida, todos ocupam a Independência com sede de beber, se divertir e aprontar, geralmente sem um puto no bolso, o que aumenta um bocado a confusão na hora de ver quem paga o quê. É na subida da rua onde Joelma faz plantão na janela que a malandragem se encontra pra fazer trampos, sacanear incautos, quebrar a cara de quem não gostam.

O que preocupa Joelma não são os *skins*, as gangues, a galera que só quer azucrinar, a gurizada toda que toma conta do bairro na saída da escola. O que a preocupa é que é terça-feira, chove e está tudo fechado. Onde se meteu o homem? Desde que virou babá do velho, Joelma não tem outra preocupação. E porque deve tudo a ele, da vida à bolsa, faz plantão na janela sempre que ele se ausenta. Ela aproveita pra se ausentar também. Pra dentro, à moda antiga, lendo Proust, presente de Frederico, o bem-amado do dr. Armando, um dos pilares do La Bichone, como é conhecido o bordel que o Comendador batizou de *Le coeur bleu*, mas não colou. *No caminho de Swann* ela já leu três vezes. Conhece aquela criança como ninguém. Viveu tudo aquilo, à sua maneira, sem luxos e *madeleines*, mas no que tem de mais íntimo e pessoal: o desejo de ser aceita, amada. Para isso, fez a via-crúcis completa. Passo a passo.

Passos que se aproximam. Que se afastam. Que fogem. Que alcançam. Que percorrem ruas, noite após noite, sob frio, chuva, sereno, oferecendo o que tem, prometendo que dá, chupa, come, mete, engole, vale quanto se paga. Passos que começaram lá atrás, percorrendo a estradinha de terra do sítio da família até o asfalto que o coletor dos tambos de leite, tão apessoado, bonito, dizia conduzir a maravilhas como as que desenhava, com a ponta do dedo lambuzado de nata, dos mamilos à virilha, onde a diversão explodia. E então os passos ganharam o asfalto, pedindo carona de ponto a ponto, na boleia, no banco ou no catre, onde motoristas que podiam ser seu pai esperavam a paga por tanta generosidade. Os passos na cidade grande, em volta das transportadoras, os homens sentados no chão, nas esquinas, comendo laranjas entre uma viagem e outra, de olho nos corpos opulentos das funcionárias enquanto, na quebrada, corpos mais jovens, franzinos, delicados a ponto de parecer femininos, aguardavam sua vez de agradar, de oferecer préstimos. Passos e mais passos atrás da droga fácil, malhada, que envenena e cobra a preço de porrada cada dose. Passos fugindo de atraque, de policial sacana, de putos e putas da concorrência, passos que conduzem pra fora da delegacia, do hospital, da sarjeta. Passos que a conduziram até uma noite igualmente chuvosa quando, encurralada por socos e navalhas rentes ao pescoço, chegou o Comendador acompanhado de Juan, o castelhano grandão do Floresta, que afugentou os sacanas e livrou a cara – e a vida – de Joelma.

    Pra acalmar a ansiedade, ela vai até o salão. Os de sempre: Oliva e Marcus, acompanhados de jovens rapazinhos salientes, e o fiel Louis, que o Comendador roubou de um bordel de Caxias para se transformar no guardião da casa e dos seus segredos e que a aguarda na porta: cadê ele? Ela dá de ombros, sacode a cabeça, ele a tranquiliza: já volta, é macaco velho, sabe se virar. Ahã. Sei. Mas nenhum dos dois tira a ruga da testa. As luzes do salão estão a meia fase. Joelma se lembra da última vez que viu aceso o gigantesco lustre de cristais Baccarat. Seria sua estreia no *show* das divas: Irma La Douce, Rita Roliude, Blondieu e Judy G, com seus brilhos e poás, para render homenagem a Cauby, de quem o Comendador era fã ardoroso e cuja presença era esperada. Joelma passou semanas ensaiando Diana Ross, ajeitando cabeleira e figurino, preparando a voz grave para os agudos impecáveis da deusa – ela fazia questão de interpretar, nada de dublagem. A casa parecia um palácio: luminárias, cristais, espelhos, taças, o mogno lustroso da decoração e dos móveis, o brocado vermelho das cortinas e dos estofados. Tudo agora se apresenta mofado, roto, encardido. Ela se pergunta se os sinais implacáveis da decadência não teriam iniciado naquela noite. A noite das divas.

Oliva, Marcus, Frederico, Armando, Louis e ela empertigados à porta para receber os convidados. O Comendador no salão, conferindo os últimos detalhes. Os garotões que faziam a fama da casa formando fila dupla na entrada, traje a rigor, como a noite exigia. Champanhe gelado em todas as mesas. A orquestra de metais caprichando no repertório, Glenn Miller para encher a pista de pares românticos que, mais tarde, tomaram o rumo dos corredores escuros, onde os corpos se espremiam até alcançarem os quartos exclusivos – nem tão exclusivos assim se Oliva e Marcus estivessem no comando.

Agora sequer há comando, embora os dois amigos ainda compareçam, cercados de jovenzinhos que buscam extrair vantagem da caquética companhia. Também por isso, e por um forte senso de lealdade que Joelma compartilha com Oliva e Marcus, ela olha com carinho para eles, cujas maquiagens viraram borrões que não disfarçam mais nada. O gogó de Oliva, contudo, segue impecável, e, nem que seja por nostalgia ou para refrescar o hábito, ainda hoje, quando se aproxima a hora da partida, ela sobe no balcão, cruza as esqueléticas pernas em meias de seda bordadas, estende os braços para o alto e solta o grito: tá na hora da boate! Era o sinal para o corredor lotar e começar o grosso da festa. Os homens se foram, ficou o eco. Eco.

Joelma vai até o espelho, ajeita a peruca e observa Frederico na poltrona, o livro aberto nas mãos, olhar perdido: se virar de cima pra baixo não fica melhor de ler? Frederico fecha o livro: é tão chato que não faz diferença. Ela dá risada e volta para o salão exclamando: e segue o baile! A frase é chavão de quando havia de fato baile, sendo mais famoso o do governador, que atraía autoridades, industriais, os poderosos de rabo preso no exercício sorrateiro de pecados impublicáveis. A comenda do velho foi concedida numa festa dessas pelo chefe máximo do judiciário local, codinome Antonieta devido à quantidade de brioches que comia durante o ato. Agora o tablado no qual grandes transformistas tiveram seu momento de glória acumula pó, o conjunto musical foi substituído por uma *jukebox* que toca de Rita Pavone a Julio Iglesias e que empaca com disco de rock.

Um discreto movimento de cabeça e Louis diminui as luzes, recolhe os copos, fecha as contas. Joelma volta à janela. O asfalto molhado, as calçadas vazias, a solidão inquieta das noites úmidas, tudo a remete à noite das divas, que iniciou luxuriante como esperado, do *black tie* ao desfile de Marilyns, Avas e Ritas – as deusas de Hollywood comparecendo em peso. Cauby era esperado a qualquer momento. O seleto plantel de rapazes desfilando entre as mesas, olhos e mãos ágeis apurando as qualidades de cada um. Então: Toni. Jaqueta de couro, *jeans* justíssimo, cabelo sem brilhantina, despenteado, um perfeito *bad boy*. Chegou como quem quer nada, alheio ao furacão de inveja e ao desejo despertado. Toni faz de conta que não é com ele, flerta com todos. Indiferente, sensual, perigoso. Parece o Brando, diziam. Vai para o corredor. Aí algo acontece no caminho. O longo e escuro corredor não revela quem, nem como, mas o tumulto gera gritos, confusão e, por fim, silêncio. Uma eternidade e muitos minutos depois um rapaz loiro, com a camisa rasgada e manchas que parecem de sangue, entra no salão. Depois outro, e mais outro, em iguais condições. O Comendador manda que se acendam todas as luzes. Nem sinal do jovem Brando. Talvez tenha escapado pelos fundos, pulado janela, subido aos céus. As explicações mais estapafúrdias pipocando. O *staff* da casa se esforçando para retomar a festa e os preparativos para receber o grande cantor.

Joelma vai até seu quarto e traz a peruca de Diana Ross que usava naquela noite. É aplaudida com gritinhos pelas velhas e seus acólitos. Ensaia *Endless love*, empaca na segunda estrofe, a voz não dá pra mais nada. Tira a peruca e joga pra longe como naquela fatídica noite em que Cauby foi substituído por uma patrulha policial que o Comendador tentou barrar até que alguns dos convidados mais proeminentes conseguissem se evadir. Foi agredido com cacetadas, empurrado contra a parede e vistoriado de cima a baixo enquanto Armando, invocando sua condição de advogado, bradava contra os policiais, que pediram reforços e entraram com tudo no salão, arrancando acessórios e figurinos dos convidados, chamando-os de bichas velhas, escrotas, e esfregando os cassetetes nas partes íntimas dos pervertidos que merecem ser cagados a pau e vão pro camburão, já lotaram uns quantos, os jornais vão gostar, esperem pra ver, seus putos nojentos, esperem só. E no dia seguinte viram. Em letras maiúsculas, os jornais estampavam o nome do caudilho que expulsou de casa o filho fresco, ainda rapazinho, para preservar o bom nome da família, que se mostra chocada com a notícia de que o enjeitado, agora um velho conhecido como Comendador, chefiava um prostíbulo masculino na capital do estado, etc., etc. Foi então que os sete amigos se reuniram e estabeleceram o pacto de preservar o espaço a todo custo, ressalvada força maior; de que os principais documentos e fotos ficariam sob a guarda de Armando e de Frederico, os primeiros a serem acionados em caso de problema sério; que todos deveriam zelar pelo bem-estar de todos, respeitando o princípio máximo da liberdade, em especial do Comendador.

Joelma se pergunta se teria chegado a hora. Não tem certeza quanto à casa, mas sem o Comendador sua presença não faz mais sentido ali. E algo lhe diz que seu tempo acabou. Chega de esperar. Substitui a peruca loira por uma prateada de fios longos, o vestido *chemisier* por uma minissaia também prateada com bustiê vermelho, carrega na maquiagem, na anabela salto dez, coloca um cartão e algumas notas de dinheiro no forro do sutiã, fecha a janela do quarto, bate a porta e vai até o *hall* de entrada. Joga um beijo para Louis, entretido na conversa com Oliva. Deixa a chave no console da entrada e desce as escadas devagar. Um nó que ameaça virar choro entala na garganta. Abre o portão e desenha com batom um coração na parede. Sobe a rua sem olhar para trás. Terça-feira, noite alta, cidade vazia. A chuva não para.

ANCHORAGE, ALASCA

A cabeça lateja e os pés pesam duas toneladas e meia quando Janaína empurra a porta giratória para o interior do saguão do Ibis no exato instante em que ele e ela, justo os dois!, vão no sentido contrário, abraçados e sorridentes como se tivessem tido a noite que Janaína gostaria de ter tido se não fosse a covarde que é. Completa mais uma volta até vê-los entrarem na Eco Sport prateada, ainda tão entretidos um no outro que não a percebem travando a entrada, as mãos espalmadas contra o vidro, a marca do batom onde a palavra sai muda. O motorista dá a partida e, quando dobra na avenida Farrapos, Janaína entra no *lobby*, ocupado, em sua maioria, pelos convidados da 17ª Festa das Letras e Afins, a FeLa, que se preparam para partir. Por dever de ofício, Janaína mantém a compostura com cada um: foi um prazer, o prazer foi todo meu, volte sempre, bom revê-lo. Confere e atualiza na recepção a lista dos *check-outs* do dia. Ele está na lista. Ela também. Mas os horários não conferem com os da saída efetiva. Mudaram o voo?

Alguns *flashes* da noite anterior e sente-se abrasar de cima a baixo. O casarão da festa da saideira lotado. Ela percorrendo cada ambiente, *long neck* na mão, vistoria rápida para dar o *ok*, beber e dançar sem parar, até cair bêbada, de preferência sobre alguém. Foi no jardim, atrás do labirinto, que ela os encontrou, fauno e sibila em transe, deitados no chão, garrafa de aguardente ao lado para ajudar a enfrentar o friozinho da noite. Imagem irresistível a da juventude em êxtase, ela se excita, eles percebem e a convidam, ela não se faz de rogada, se ajoelha e engatinha para o centro, onde a acolhem com o despudor que experimentou em momentos idos. Não demora para que o casalzinho veja Janaína nua, como se fosse fácil exibir-se desse jeito, ela que já não tem vinte anos, eles que recém aí chegaram, mas vá lá que a idade traga algumas vantagens, então ela se abandona e só bem mais tarde, sozinha na cama do hotel, deixando para as mãos o rescaldo da festa, se pergunta o que houve, por que sim, por que não. De certeza, o fulgor de descobrir-se novamente viva e, só por isso, sente-se grata ao par. Madrugada alta, eles telefonam: tá fazendo falta. É tarde, ela retruca. Precisamos de ti, vem. Ela reitera: é tarde. As duas vozes repetem venha venha venha até a ligação cair. Janaína levanta da cama, vai pro banheiro, liga a ducha, esfrega com força os músculos, as dobras, cada pele, unha e pelo ao alcance do sabonete e da água que escorre até esfriar os sentidos, esquecer dos corpos em brasa. Deita na cama e reza o mantra do esquecimento. Não dorme, não sonha, não goza.

 Exatamente às 8h, como agendado, tem início o procedimento das partidas, trocas de mensagens, endereços, traslado dos homenageados ao aeroporto, milhões de coisas a resolver no dia cujo ponto alto será o desencontro na porta giratória, eles sumindo na avenida, ela ficando no saguão, até o último convidado. Convites para que compareça a outros eventos não faltam. Porém, subir as escadinhas das aeronaves está fora de questão. Um dia, quem sabe. Tito, amigo e organizador da 17ª FeLa, diz que medo de avião é fobia, tem tratamento. Marco, parceiro das antigas, tem outro diagnóstico: excesso de voo interno, bota no papel que resolve. Janaína diz que tanto faz, não precisa ir a lugar algum (mentira: não há ato sem destino). A conversa esfria, alguém propõe uma cerveja no boteco mais próximo. Ela promete que vai. Eles sabem que não. Enfim sozinha no vasto *lobby* do hotel, ela pensa nas ideias que alimentaram os cinco dias do evento e nada lhe ocorre, um balão vazio sobre a cabeça, sem pensamento nem fala. Será que já começou? O apagão da mente, a demência senil? Apavora-se só em pensar nisso. Por outro lado, a noite caliente com o casalzinho afoito ela lembra em detalhes. Tranquiliza-se pela memória seletiva: quando se trata de sexo, não falta dopamina. Algo por aí, conclui uma aliviada Janaína ao se dar conta que, ao contrário do que temia, para atividades intelectivas também não deixa a desejar. Recorda o debate com os escritores e dramaturgos, gente da pesada, montes de história pra contar. Bar cheio, petiscos e bebidas a rodo, os convidados dando seus depoimentos, até que uma última pergunta, dela, desperta o homem com tanto a dizer que seu nome é símbolo de humanidade em crise: Fausto. Alheio ao burburinho crescente, ele fixa os olhos nela que, cativa, ouve o recado: que somos frutos de nossa inércia e incapacidade de ler e entender os sinais, que desprezamos o risco comum em prol de bandeiras identitárias, que o monstro foi gerado com nossa anuência e ignorância, que somos responsáveis sim. Papo reto, forte. Ela o aplaudiu de pé. Depois, subiu no palco pra agradecer. Ele gostou. É muito bom encontrar quem nos entende. Ela decide se inspirar no sujeito. Nomear os covardes, começando por ela própria. Comprar as brigas que não dá mais pra adiar. Mas, no geral, um baita foda-se. Palavras dele: a porra já azedou geral.

Todos partiram, a Festa acabou. Um imenso porém a leva de novo ao aeroporto. No terminal 1, vai de um lado para outro, até cansar. O que procura, quem? Encontra uma poltrona disponível perto dos elevadores, dobra as pernas sobre o assento, pega o livro que recebeu de presente do principal homenageado. Poemas intercalados com crônicas. Contundente e ao mesmo tempo delicado, cada verso encontrando seu tom, o racismo como pano de fundo. O autor dedica a Emicida: é tudo pra ontem.

Exausta, apoia o rosto nas mãos e dorme. No sonho, ela é uma garotinha esquálida que nasceu e mora num terminal aéreo até que uma crise dos combustíveis deixa todos os aviões no chão e ela parte, a pé, para os lugares que constam no quadro de partidas que leva sempre consigo. Ela está bem velha quando chega ao destino final, uma cidade do cerrado onde não há aeroporto, mas um imenso painel digital informa, em tempo real, todos as partidas de

Miami. Então um estrondo e só um voo permanece e pisca com intensidade no painel: Anchorage, Alasca, Anchorage, Alasca. É forte o cheiro da neve sobre os pinheiros, a velha diz no fim.

Janaína acorda com as pernas doloridas de tanto caminhar em vão. Fome. Nem uma mísera barrinha de cereal na bolsa. O movimento diminuiu sensivelmente. Algumas lanchonetes – as mais baratas – encerraram o expediente. Ela apela para as máquinas: uma Coca, um saco de Ruffles Ocupa a mesa alta ao lado dos painéis. Voos internacionais: Toronto, Dallas, Frankfurt, Panamá, Lisboa. O extenso caminho sinuoso onde os passageiros costumam aguardar sua admissão à sala de embarque está vazio. Esse sempre foi seu limite, o gradil. Espere aqui. Não ultrapasse. Seus convidados partindo, ela ficando, essa a regra. Seu destino é ficar. Nelson Rodrigues não diria melhor. E, ainda que a despertem no meio da noite inflamados de propostas e promessas, ela sabe que ficará. Por medo ou costume, fica. Mais provável: por falta de sentido. Afinal, quem é ela, para que serve, o que tem de relevante a fazer? Ela, a que sente o cheiro de algo que não vê, que não está ali. A avó dizia: não vai ficar pra semente. Não vai mesmo. Anchorage lhe vem à mente. O extremo dos extremos, atraente ideia.

Deixa o resto do lanche sobre a mesa, segue até o portão de embarque, sem ninguém por perto. Entra de fininho. O guarda da alfândega a surpreende e acusa, cai fora. Janaína pensa em dar uma desculpa. Pra quê? Que importância o que o guarda, o piloto, o passageiro, o mundo pensam a seu respeito? Fodam-se os juízes da vida alheia. Fodam-se. Sai dali e vai ao banheiro. Um espelho de corpo inteiro revela seu estado, lamentável. Também: foda-se. Precisa encontrar, urgente, um lugar onde acender a vida. A valer. Sem importar onde estão aqueles dois que mal conhece, os outros e outras de festas anteriores, os provedores de sensações breves, dos avisos de acorda! acorda! E ela obedece, por um tempo. Depois cansa e volta ao normal, a pisar de novo em chão conhecido. Mas de que vale a confiança do sabido se não te leva a lugar algum? Precisa romper o lacre do tempo. É tudo pra ontem. Caminha à toa até ouvir dentro da cabeça a batida da claquete: *action*!

No primeiro guichê disponível estende o passaporte, o cartão de crédito e informa: uma pessoa, sem bagagem. Para onde, senhora? Surpreenda-me. A atendente insiste: para onde, senhora? O primeiro voo de saída. Cara feia da outra. Janaína não deixa por menos: está tudo aí – dinheiro, passaporte, documentos, maior de idade – então, qual é o problema? Problema nenhum, senhora. Digita mais um pouco e pergunta se a senhora está bem. Se Janaína estivesse bem não estaria embarcando sozinha para lugar ignorado, mas, para encurtar o assunto, só faz que sim com a cabeça, convenção aceita. Seu corpo treme, o coração acelera, trinca os dentes para conter os nervos. A funcionária da companhia aérea lhe estende os tíquetes de viagem, o cartão de crédito, embarque portão B, setor 8, em 15 minutos. Boa viagem.

Seis minutos depois um apagão deixa toda a cidade às escuras. A única luz vem de um Boeing 727 que ilumina em cheio a cara de Janaína quando embica na sala de espera com o motor esquerdo em chamas. O corpo calcinado de um urubu cai a seus pés. Quando se encerra o resgate dos passageiros, às 3h da madrugada, uma surpreendente camada de neve encobre a cidade. Mas Janaína sabe que não há pinheiros no seu caminho.

O QUE O VENTO VARRE

Quando despertou do transe, Myrna chegou a algumas conclusões importantes, das quais não lembra a metade, como acontece quando a vodca fala mais alto e, não fosse Lúcio atravessado sobre o colchão, diria que é coisa de sua cabeça e não a cereja do bolo, meio sem sabor, que uns poucos amigos lhe serviram no início da noite, quando as expectativas eram altas, embora falsas, que depois dos cinquenta não há muitos motivos de alegria quando o corpo está crivado de achaques, dores, artrites e ela ainda tem que ouvir "como você está bem!" dúzias de vezes significando "que milagre você estar viva, detonada desse jeito" e ainda por cima agradecer a gentileza de assoprarem junto as velas que fazem questão de colocar na cobertura, uma por uma, pra deixar bem claro que o relógio está andando e mais um pouco te internam como os sobrinhos planejam há tempo pra se adonarem do apê, da casa da praia, da conta bancária, que podia ser bem maior se Myrna não tivesse gasto tanto em mimar esses danados, que nem se dão ao trabalho de ir ao aniversário porque a vida moderna exige que estejam sempre a postos produzindo, produzindo, e claro que não é bem assim, não no Brasil, onde pobre é que se ferra, como sempre, os bem nascidos se penduram em algum aplicativo e fazem pose de sabidos, quando na real sabem nada, que nunca leram, pararam pra pensar nas coisas, olhar em volta e fazer algo de bom pelos outros, não esta geração *millennial* criada no culto do eu, eu, eu, que não imagina que ela, tão alquebrada agora, já fez história, correu da polícia, pulou muro, abrigou fugitivo da ditadura, jogou pedra e molotov em tropa de choque, publicou obras proibidas, participou de organização secreta, fez coleta para apoiar a rede clandestina, comandou passeata, redigiu manifestos contra o governo, cantou e chorou junto com seus irmãos por uma esperança que levou tanto tempo a se concretizar que apodreceu no caminho e deixou esse cheiro de merda em todo o campo político, com raras exceções, Lúcio é uma delas, um cara comprometido com as melhores causas, que assumiu as broncas quando os outros saíram de cena para procurar seus próprios lucros em outras paradas ou, como ela, se acomodaram numa vida de conforto, insensível e covarde, Lúcio, que ronca em paz a seu lado enquanto a cabeça dela lateja e parece que vai explodir, ela tem vontade de acordar o companheiro e pedir que vá até uma farmácia e traga o remédio mais forte que encontrar, mas dá uma pena acordá-lo depois da noite que tiveram e começou tão bem, os dois surpresos por se reencontrarem passado tanto tempo que quase não se reconheceram quando se cruzaram no bar onde o Rick serviu umas doses bem generosas para ambos e a conversa fluiu livre e solta como se nunca tivessem ficado sem se ver, a ponto de até uma faísca mais quente ter voltado a surgir entre os dois, surpresos pelos arretos nos bancos de faculdade ainda encontrarem eco ali, algumas décadas depois, quando não possuem mais o vigor antigo, mas não perderam o prazer de estar juntos e puderam confessar, sem palavras, olhos nos olhos, o amor, escamoteado mas jamais esquecido, e bastou um breve toque nas mãos sobre a mesa para deixar evidente o que fizeram com as suas putas vidas, modificadas por atos tão aleatórios que nada disso precisaria ter acontecido, ela poderia não ter entrado no atelier de Dunga e Lúcio na clandestinidade, e no entanto foram ambos marcados por essas escolhas que ainda machucam e que a fizeram baixar os olhos para não revelar a tristeza de estar ao seu lado quando nada mais podia ser feito exceto chorar as pitangas, diria seu pai, ter tanto passado e quase nenhum futuro onde projetar sonhos, fantasias ou até mesmo um simples beijo, no canto da boca, se fosse o caso, mas um beijo, lábios se tocando, línguas se cruzando, não faz ideia da última vez que beijou nem quando se encostou com alguém que não os garotos de programa há muito tempo, até ela se dar conta de que vibradores saíam mais em conta e, por fim, mesmo essas brincadeiras íntimas, pessoais, foram rareando, por isso ter se chocado ao sentir um calor intenso vindo de baixo, o quanto a voz grave dele ainda mexia com ela e transtornava seu juízo, porque só pode ser isso que aconteceu quando Myrna o conduziu até a porta do 1203, a abriu e se virou para ele, jogando os braços em volta do seu pescoço e roubando o beijo prometido desde o dia em que se despediram, na noite da formatura, atrás do letreiro gigante da universidade, quando ainda esperavam se encontrar em breve, passadas as férias dela na praia, os compromissos dele com o estágio e, então, retomar a sério o que seus corações identificavam como um sentimento importante, do tipo que define a vida da gente, mas aí pintou a turma fazendo estardalhaço e convidando para uns tragos na esquina maldita, o beijo ficou pra volta, a volta nunca se deu e ela foi sobre ele com tanta avidez que o assustou, ele deu um passo para trás, bateu com a cabeça no suporte da TV, deu um grito, se virou e caiu de costas sobre a cama, surpreso. Myrna, debruçada sobre ele, perguntou se estava tudo bem, ele fez que sim, ela beijou suas pálpebras, repousou a cabeça sobre o ombro dele e adormeceram.

Ao despertar, ela permanece um bom tempo com os olhos fixos no homem que ressona a seu lado. Vai até o frigobar e bebe a última garrafinha de vodca. Abre a cortina e vê uma tempestade se armando, o vento vergando e varrendo tudo o que encontra pelo caminho. Tira a roupa, peça por peça, e joga no chão. Devagar deita-se sobre o homem. Nenhuma reação. Melhor assim. O que será, será.

CONTRA A PAREDE

1

Era para armar um rolo e sair de cena. Expor a verdade, botar contra a parede e ir embora. Mas os primeiros passos sobre o trilho vermelho que ocupa toda a extensão do *lobby*, os pelos altos, macios, que se esgueiram do tapete pelo trançado da suja sandália de crochê que ela, metida a *hippie*, teima em usar, a imponência do *hall* com originais de Guignard, Pancetti e Danúbio, artistas que admira desde menina e que ali são ignorados por homens de negócio entretidos com a leitura de jornais, em nada combinam com o vestido tomara que caia descosendo o babado, a bolsa a tiracolo abarrotada e uma vontade imensa de roer unha por unha, evidenciando que sua missão não seria nada fácil. Ele bem que podia não vir. Sumir da sua vida. Sumir e fazer sumir pessoas é especialidade dos fardados. Dos homens das sombras. Fecha os olhos, respira fundo, refugia-se no banheiro mais próximo. Não devia ter feito isso. O que de bom pode mostrar um espelho de corpo inteiro no principal cinco estrelas de Porto Alegre a uma mulher que sequer tem um par de sapatos decente para entrar num lugar assim? Falta-lhe muito mais do que isso. O pai dizia: juízo. Tem sua parcela de razão, o velho. A outra parcela é a que reside na emoção, esse bicho indômito que ela despeja sobre os outros quando certas cordas são tocadas. Aí ela se mete a fazer besteira, almoçar no Plaza – justo no Plaza! – no dia em que é despedida do banco porque não gostam da roupa que usa, e ela acentua o decote quando se despede do gerente, as tetas quase saltando na cara do idiota, a quem agradece a incrível chance de ter feito um trabalho de merda por um salário de merda, tão miserável que o melhor é gastar a rescisão no hotel e almoçar como há muito tempo não faz, entrada, *couvert*, aperitivos, salada, prato principal, sobremesa e um vinho ofertado pelos cavalheiros da mesa ao lado, diz o garçom com a solenidade de quem está acostumado a servir putas, e ela aceita sorrindo como se puta fosse, porque esse é o dia de chutar o pau da barraca, que sorte a deles.

2

Você não tem mais idade para isso, ela repete para si mesma, um passo cá, outro lá da decisão imposta pelo coletivo Luxo Rosa de botar pra quebrar as estruturas misóginas do grande empresariado e alavancar o empoderamento feminino na superestrutura capitalista – ufa! Não tem certeza do que isso significa, nem se esse era o objetivo de Rosa de Luxemburgo, que dá nome ao movimento, mas a efervescência política das garotas é contagiante e ela se deixa levar. Conta histórias, sobrevive através delas, de quando queimavam sutiã na praça e encaravam os milicos no meio da rua, das ameaças, dos segredos, das desconfianças, dos que partiram, dos que traíram. Foi numa dessas, contada com mais empenho e floreios do que o costume, que surgiu a ideia que a deixa plantada no meio do tapete, se arrependendo da boca grande que tem. Porém, se hoje está aqui, entre o sim e o não, é porque lembra. E faz questão de não esquecer: véspera de 31 de março, reunião às pressas no diretório, textão de Orlando para ser impresso na gráfica do Alemão com urgência para poder rodar de mão em mão na mega passeata do dia seguinte. A noite avança à base de discussões, cigarros, cervejas e boatos, cada um que sai da sala alimenta a roda do medo – se voltam, se estão cercados, se estão na lista –, a paranoia rolando solta e mesmo assim os caras não param de falar, não param, e quando chega a 23ª análise de conjuntura sem que o danado do texto seja aprovado, você se toca que tem coisa melhor pra fazer, bem melhor, que se chama Ruy e deve estar no pátio da faculdade te esperando, então você se manda, sai de fininho, e quando chega na porta lateral já dá pra sentir o aroma intenso dos jasmins e dos ciprestes, ver que o estacionamento está quase vazio e que no último banco, perto do ipê roxo, a figura longilínea que você tanto ama anda de um lado para o outro, então você se esconde pra dar um sustinho nele, fica atrás do tronco da árvore, conta devagar até dez, quinze, e quando termina não tem mais figura nenhuma no banco, só uma camionete escura e é com as pernas bambas, curvadas, que o vê sendo empurrado para a traseira do veículo, um capuz na cabeça e um silêncio sem fim.

3

O vinho é servido em balde de gelo, como convém às boas cepas do Alentejo, e sorvido em silêncio pelo homem de preto, que não desgruda os olhos dela, um sorrisinho de canto que ela retribui com outro, mais escancarado e cínico, pra não fugir do tom. Estão só os dois, o outro companheiro de mesa dele escafedeu-se, devem ter tirado a sorte no palitinho, o bonitão fica, o feio cai fora. O brinde também é feito em silêncio. Ele pousa o cálice sobre a mesa e estende sua mão sobre a dela. É cálida, macia. Ele percebe o arrepio e, com a ponta do dedo, percorre o braço até o ombro. Ela se recosta na cadeira, bebe mais um pouco. Devagar – sua voz sai mais rouca do que gostaria, quase um cicio, um convite, e ele se anima de novo. A mão (unhas descascadas, mal cuidadas, que vergonha, ela tem tempo de pensar) se ergue na frente dele. Qual é a tua, gata? Ela ri, tão acostumada a ser cara, companheira, guria, que gata, gostosa, mina parecem ser de outro século. Mas gosta, dá até uma ronronadinha. Dessa vez ele não pergunta se pode abraçar, cheirar o cangote, lamber a orelha. Ele faz o tema de casa direitinho e a tarde passa como se fossem íntimos de longa data, conversas, toques e sussurros se multiplicando atrás das palmeirinhas que encobrem as mesas de canto do restaurante – os convites para subir ao quarto são recusados, um pingo de juízo, talvez – e constroem ali mesmo uma espécie de comunhão. Quando o garçom traz a conta, o homem exibe sua carteira funcional e assina a nota. Com uma curiosidade quase infantil, ela pega o documento, onde se lê: SNI – Serviço Nacional de Informações, Emílio D. Fleur – delegado. Ela não lembra se falou com o garçom, se desceu de elevador, se pegou o primeiro ônibus que passou ou se o porteiro a colocou num táxi, mas quando, mais tarde, no Jornal Nacional, foi anunciada a cassação de Marcos K., vereador de seu partido e amigo de longa data, ela percebeu que esse não era um jogo para inocentes. Hora de pedir revanche.

4

Elas são jovens, jovens de um jeito que ainda não foi inventado. Não existe corpo travado, língua presa, medinho. Bateu, levou. Mesmo assim, querem saber como foi. Ela diz: a gente cansou. Da palavra deles, das decisões deles, da fé cega no que os caras estavam armando do outro lado do mundo. O ouro de Moscou! A expressão usada pelos ianques contra o regime soviético também foi assimilada pela galera. Já as mulheres... A gente precisa de razões melhores do que só se fiar no *Pravda* – o que um jornal de partido entende de liberdade? Então deixamos eles falando sozinhos. Decidimos tomar a peito a revolução onde ela de fato acontece, na intimidade. Fomos para onde as mulheres se encontram, na feira, na cozinha, na porta das escolas, varrendo a calçada, e assim, aos poucos, pelas bordas, fomos conhecendo por dentro do que são feitos os patifes, os tendões que seria preciso chutar. Reunimos muita coisa, informação abundante sobre os caras do comando, mas sabe o que fizeram com isso? Nada. Nada! Porque não veio pelos canais certos, porque não teve supervisão, porque não dá pra checar, porque não teve a chancela dos representantes do partido, porque sim. Puta que pariu! Mulher e merda é a mesma coisa.

Elas acham gozado, não entendem por que não explodiram a coisa toda, mas ainda dá tempo. Os serviços de segurança estão em polvorosa com a chegada do filho do presidente, a ABIN coalhou de agentes o hotel, devem precisar de muitas mulheres para distrair esse pessoal – todas a seu comando, claro. Quando ela chega ao banheiro do hotel, tudo está lá, à sua espera, roupas e lembranças. *In memoriam*, Ruy. Veste-se com o traje colocado sobre a poltrona, avental branco sobre saia e blusa pretas, tênis branco, cabelo em coque, passos firmes na condução do carro de limpeza que estaciona na porta do 706, bate duas vezes e entra sem pedir licença, deposita a pilha de toalhas sobre a cama, recolhe o copo vazio da mesa de cabeceira, troca discretamente o celular dele por outro igual, pergunta ao homem moreno, alto e magro se necessita mais alguma coisa. Ele sorri para ela de um jeito torto. Não enverga uniforme ou armas. Não precisa. O arrepio é o mesmo.

5

A mulher de saia palito e blusa de seda que atravessa o saguão rumo ao bar não lembra em nada a *hippie* que há poucos dias protagonizou cenas picantes no terraço do restaurante. Anda com firmeza sobre o trilho até a porta envidraçada, que escancara e segura até verificar quem se encontra lá dentro. O *happy hour* ferve. Ela também. Difícil distinguir rostos naquela fumaceira toda. Ela percorre o balcão, senta na outra extremidade, bebe uma cuba-libre enquanto espera. Ele chega por trás, cola o corpo no dela e o instinto diz que ela está pronta. Ela torce as mãos, cruza as pernas, qualquer coisa que ajude a apagar o fogo e dar-lhe o que merece: dizer a todos quem é esse homem, do que ele é capaz, mas sua língua é imobilizada pela dele, e ela não tem como respirar, talvez nem queira, e é com raiva redobrada, por se reconhecer incapaz de fazer o certo, o devido, que seus dentes mordem com força e a boca se inunda de sangue, que expele enquanto corre porta afora. Felizmente o tapete é vermelho.

FORA DO MOVIMENTO

Primeiro o pé esquerdo pra cima. Apoia todo o peso no lado esquerdo. Puxa agora o pé direito, sem encostar no degrau. Desce, sobe de novo, repete cinco vezes. Pode apoiar as mãos na parede. Doeu? Só um pouquinho, você diz, sentindo uma pequena pontada no quadril. Quando se trata de movimento, o corpo todo é uma dor só. Ele também sabe disso, mas insiste, pelo seu bem, claro, pelo meu bem.

O médico que tratou minha amiga Syl do AVC repetia a toda hora: fora do movimento não há salvação. Frase motivacional perfeita, até eu me impressionava, um homem possante como ele, jaleco impecável, postura confiante e ela, ou a metade dela que funcionava, catando esperança pra ver se resistia. Isso ainda no hospital. Em casa, tinha atendente de confiança, cama cercada de gatos, TV acesa e linha direta com a bicha que fornecia carreirinhas malhadas a preço de ouro. Ela pedia: me arranja um que explore menos. Eu me esquivava por razões éticas, não queria compactuar com autodestruição, balelas desse nível. Caí fora, a bicha ficou. Quando Syl morreu, em completa solidão depois de meses num hospital, o escroto do pai dela impôs silêncio: incomodar os outros pra quê? Odiei o velho, safado, cretino, ordinário, mas odiei mais ainda minha covardia por deixa-la à mercê de gentalha, não me perdoo até hoje. A atendente que me passou a notícia por telefone disse: ela foi fundo. Para onde mais iria? Pela primeira vez chorei.

Agora Alá. Cabeça entre os joelhos, braços estendidos até o chão, respiração ritmada, ergue as mãos para o teto, solta o ar, abaixa o corpo, repete. É bom, os pulmões se enchem, se respira melhor, mas cada vez a cabeça sobe menos, a corcova no pescoço não deixa, parece tartaruga, diz o guri, rindo. Você ri também, porque não tem remédio. Esse exercício entra na categoria "só se nota se não faz", quer dizer, não melhora, mas *talvez* atrase o pior. Syl não chegou nesse estágio. Ficou no basiquinho: mexer dedos, punho, nada que recuperasse o talento pendurado nas paredes, os pincéis que ressecaram na paleta. E quando se trata de palavras, você se pergunta, como descobrir se tem remédio?

Quadrado na ponta dos pés. Eu consigo. Já fiz melhor, hoje em dia meu quadrado é curtinho e mais trôpego, o importante é manter o equilíbrio, e parece que o físico é fundamental pros outros tipos de equilíbrio, mas se não existe equilíbrio do um sozinho é porque tudo faz parte, logo, tá valendo. Lógica pobrinha essa, eu sei, mas não penso direito quando tenho que suportar o mundo na ponta dos pés. O fisioterapeuta garante que é a chave pra muita coisa esse exercício, assim como a ponte, que tem que ser feita de manhã, ainda na cama, umas trinta vezes. Trinta! Faço direito até quinze, quando muito, depois acelero e finjo. Nos outros dias, nem uma. Quando falei pra Syl, ela riu e mandou eu me catar. Justo. Na época eu podia quase tudo, da boca pra fora e do corpo pra dentro. Mesmo assim me fazia. Agora dou valor. Agora não valho mais nada.

Sabe marcha soldado? Faz parte do exercício. Levanta o joelho, bate a mão contrária nele e segue marchando. Quando o fisio bater palmas, anda rápido e reto, depois volta pra marcha. Não é difícil, é chato. Recomendação do neurologista. Passei por vários. O último pegou carona no medalhão do pai, me faz festa quando chego com o cabelo roxo e é bonito de se ver, não passa disso. Um dia me cansei e disse: me ajuda a fazer uma coisa por mim. Só tomar remédio não me adianta, preciso tomar atitude. Ele fez uma listinha manjada – caminhar, dançar, fazer palavras cruzadas. Não mandou me foder, que era o que eu mais queria. Acho que a Syl fodia, com pé torto e mão travada, mas fodia. Diz que o pai dela pagava uma amante da filha pra deixar ele espiar. Dava uns beijos lambuzados quando eu chegava perto. Gostava de ser chamado meritíssimo. Escrotíssimo era apelido.

De bater eu gosto. Mão fechada ou espalmada, tanto faz. O exercício é um, dois e pam! no três, em ângulo baixo, pra ganhar velocidade e força. Um, dois e pam! Soco cada vez mais forte, quase acerto a cara do fisioterapeuta, que ri e manda fazer de novo, eu faço e faço e esmurro e vou até ele mandar sentar e exercitar os pés no tapete. Moleza. Mas sem graça. Depois, panturrilha. A Syl tinha umas panturrilhas bem desenvolvidas. Não sei de onde, preguiçosa do jeito que era, pegava o carro pra andar duas quadras. Era forte também. Tinha as veias da testa saltadas. Muito sal e muita carne, dizem. Quando entrevou de vez, não adiantou nada essa força. O neurologista dela, que não era tão bonito como o meu, mas mais cheio de razão, não cansava de repetir: fora do movimento não há salvação.

A teoria, na prática, se deu um bom tempo depois, perto da cidadezinha litorânea que Syl tanto amava. Dia de sol, pouco vento, temperatura da água estranhamente amena, os primeiros passos ainda inseguros tateando buracos, se firmando na hora do repuxo até adquirir confiança. Então mais pro fundo, medindo forças, puxando a memória do corpo banhado naquele mar desde a infância. Cada onda que só vendo, não parava em pé, então boiei. Aí ela veio, foi se armando, crescendo e eu calculando se corro pra dentro ou pra fora, de algum modo ela me pega, apliquei o exercício da tira elástica, espicha pra trás, pros lados, repete até virar braçada e foi assim que o mar me abraçou de vez. Syl teria adorado.

UNFORGETABLE

    O copo está meio vazio, meio gim, meio ar, a marca de batom em toda a beirada – *prison love*, o nome – e o *barman* me encarando com o bico da garrafa apontando para o copo. Eu ignoro. Dou as costas para o balcão e me viro para o palco onde Saião termina seu número de dança jogando a cadeira de palha sobre o público, que reage com uiuiuis e aiaiais – os mesmos que fazem o mesmo nas quintas gays. Saião recolhe o boá, joga beijinhos para o alto e passa reto por mim, um discreto encontrão de quadril pra dizer que me reconheceu. Volto para o copo, agora cheio até a borda de gim. Bebo devagar e sempre. Não deixo uma gota nem gorjeta. No camarim, Saião me recebe de braços abertos e espumante no gelo. É o único homem que consegue me levantar do chão e faz isso com um breve rodopio. Junto minhas mãos na sua nuca, ele envolve minha cintura, olhos cravados uns nos outros, as palavras ficando para depois. Me aproximo, encosto a face no peito reluzente de suor e purpurina, e dançamos. Nat e Nicole Cole, claro. Não podia ser diferente, a noite era sua, derradeiramente sua. *Unforgettable. Always.* Ele me afasta, estende o braço e eu giro até me aninhar novamente em seu abraço. Não consigo conter um soluço. Ele me abraça mais forte. Mais soluços. Não tenho o que dizer, ele sabe disso. Eu gostaria de dizer coisas lindas, encorajadoras, dizer pra confiar que Deus e os anjos e os santos vão cuidar dele, que deve ter fé que tudo vai dar certo. Não vai. Ele sabe, eu sei. No entanto, olho para o rosto que aprendi a amar desde cedo, que ocupou boa parte do meu álbum afetivo, que trouxe brilho, intensidade, diversão, alegria e delírio em doses inimagináveis, esse rosto levemente encovado, com as marcas acentuadas do tempo e das experiências ainda vívidas, este rosto que já é um rosto de adeus – e não é o sarcoma do canto da testa que me diz isso, são os olhos que não me riem mais. Passei a tarde procurando livros que me trouxessem as palavras que não encontro dentro de mim para dar o conforto necessário. Não tenho Bíblia em casa. Lao-Tsé, Nietzsche e Aristóteles não me fornecem o que procuro e que sequer sei o que é, só reconheço o que não é. O problema é encontrar uma moral que sustente tanta ausência. Kierkegaard chega perto, mas não é dele o livro que trouxe na bolsa. *Há muitas maneiras sérias de não dizer nada, mas só a poesia é verdadeira.* Entoamos juntos esses versos de Manoel de Barros. Ele faz namastê pra mim, eu pra ele. Ainda tenho tempo de dizer: por favor, não salte no escuro. Pra isso eu teria que ter fé, querida, ele responde do umbral da porta antes de fechá-la de vez. Fico um tempo parada no corredor. *For once in my life* toca no camarim e encerra a noite. Agora posso ir. Deus está morto.

A METADE DA LARANJA

"Homem é que nem criança: se tá quieto é porque tá aprontando".

O súbito silêncio que vem da sala onde Lédio Carmona até então comentava os gols da rodada fez com que a frase não saísse do pensamento de Natália. Termina de lavar a louça, seca a pia, estende o pano de prato sobre o escorredor, deixa o lixo como tarefa para o homem e vai quietinha até a porta da sala, onde Joca segue deitado no sofá, os olhos fixos na TV, num ângulo que impede Natália de ver a programação, mas não a mão esquerda dele deslizando sobre a bermuda em ritmo sincopado e constante que vai dar caldo, pelo que ela percebe dos olhinhos que vão fechando, fechando e falta um tiquinho assim pra chegar lá, capaz até de esporrar e manchar o sofá tão novo que não tiveram tempo ainda de impermeabilizar, que judiaria, já que pra ela o que resta não é a farra, o bem bom do pau animado e durinho, não, nem pensar, e sim esfregar o tecido com água morna, varrer as ervas da cuia que ele acaba chutando durante os jogos, recolher as latas vazias e voltar sozinha pra cama pra chorar com mais uma temporada de *This is us* até pegar no sono. Depois ele não entende por que tanta DR.

Natália deve ter falado alto seus pensamentos, porque Joca arregala os olhos, pergunta o que foi, o que tu quer, o que tá fazendo aí, e ela eu é que te pergunto, o que tu tá vendo que te anima tanto, e ele imagina, deixa de ser besta, mas a essa altura ela já está quase do lado dele e fica de cara quando vê uma fileira de mulheres de peito caído, bem mais que os dela, mulheres indígenas, que não deixam só os seios à mostra, mas também a bunda, a xota, com só uns paninhos e umas penas aqui e ali pra enfeitar, nada mais, e parece não se importarem com o que os homens estão vendo ou achando delas. Natália pensa que bom deve ser andar ao natural sem se preocupar se tá limpo, se tá bonito, tá liso e se agrada, então ela pergunta ao pé do ouvido dele: sinceramente, me diz, elas é que te deixam com pau duro, amor? E assim dizendo coloca sua mão sobre a dele, que talvez tivesse aceitado de bom grado o auxílio se a última Heineken gelada não tivesse se esparramado toda pelo chão com a pressa de Natália em se meter onde não era chamada. Porra, Nati!

Ela morde a língua, as unhas cravadas nas palmas das mãos, paralisada de ódio. Conta até dois e meio antes de mandá-lo à puta que o pariu, vai ser grosso assim na casa do caralho, chutar a lata pra longe e mandar ele enfiar esse pau mole na. Não sabe onde. Até um tempo atrás o pau sabia direitinho onde se enfiar e ela nem precisava chegar perto pra ele se animar e se colocar a seu dispor. Quando é que gosto virou desgosto, prêmio virou castigo?

Joca não saberia dizer. Natália era, desde quando ele frequentava a pracinha do Rosário pra comer o melhor cachorro-quente da cidade, a tal, bonita, inteligente, divertida, bem feitinha de corpo, de tamanho e medidas certas para um brasileiro da gema – batalhador, esperto e divertido. Ela demonstrava apreciar isso, e foi na base da troca de discos (rock gaúcho, samba de raiz) que as outras trocas se aprofundaram, felizes da vida por terem encontrado suas almas gêmeas, suas metades da laranja. Essas porras de ditado são o típico exemplo de como o amor emburrece, como as pessoas adotam os clichês sem se dar conta de que não conhecem um único exemplo positivo e mesmo assim caem direitinho. Joca levanta do sofá, chuta a cuia para mais longe um pouco, pisa na latinha de Heineken como se fosse a cara da sogra, do padre, das amigas dela que venderam a ideia de casamento, mas que não ajudam a desembrulhar o pacote.

Nesta fase da vida e do casamento, Joca não se reconhece. Odeia o macho bronco que só quer saber de cerveja e futebol e bate bronha pensando na mulher dos outros, no entanto, é nesse modelo que está enfiado até o pescoço. Como foi parar aí? E como a mulher sensível e espirituosa com quem participou de passeatas e bienais de arte se transformou na jararaca resmungona que manda baixar o volume porque não suporta o blim-blim chato do jazz de Charlie Parker? Como?

Natália soluça alto, no quarto, para que fique registrado o quanto ele a faz sofrer. Joca aumenta o volume da TV para demonstrar, na sala, o quanto está cagando e andando para essa encenação. Ainda o programa sobre as tribos indígenas amazônicas. Desconhece a tribo que está sendo focada. Não importa, parece tudo a mesma coisa, como o casamento deles se parece com todos os outros. Mas isso, claro, o Facebook não diz nas correntes de felicidade que espalha por aí e que o WhatsApp ajuda a disseminar como se não fossem *fakes* as regrinhas do sucesso, do prazer, do dinheiro, dessas coisas em que todo mundo um dia acredita, até mesmo ele, que não tem diploma de ensino superior, mas é um curioso do mundo, um autodidata de sólida formação. Um sujeito sensível, antenado, parceiro. Adjetivos que se foram para o ralo também, como uma pá de coisas – as boas, que as más continuam expostas na prateleira da vida. Putz! Quanta breguice, será esse seu destino, brega e sertanejo, como está na moda? Bate três vezes na madeira. Pior que macho bronco é macho que chora ouvindo Marilia Mendonça.

Antes que o rosto vire uma massa inchada de tanto chorar, Natália decide que não vale a pena sofrer por aquele bruto egoísta safado cretino, e pensa nas índias, como se dará a atração entre os índios se os corpos estão sempre expostos? O que lhes chama a atenção, o que os excita, levanta o pau, dá vontade de comer? E a grande questão: o amor existe?

A depender de Joca, se eliminassem a palavra amor do dicionário, a vida ganharia outro sabor. Tá certo que é bom ganhar chamego, ficar de tititi com quem se gosta, foder quando bate a vontade – o que não tem graça nenhuma é conversar em vez de jogar, ficar naquele interminável blábláblá sobre tudo, até marca de papel higiênico dá causa pra discussão sem fim. Soubesse disso, teria aprendido a fumar e saído pra comprar cigarros na primeira tentativa e baubaus. E não adianta substituir cigarro por outra coisa, fica tri mal homem sair pra comprar cacetinho e nunca mais voltar. O que os outros diriam?

Seja pela chuva, seja pela frase da madrinha, quanto mais fundo Natália vai na questão sobre o amor, mais merda aparece. Melhor ligar a TV de novo. Prepara a cena: três travesseiros, dois sacos cheios de balas sortidas, copo grande de Coca Zero com gelo até a borda, pacotão de Doritos, a foto do casamento no criado mudo virada pra baixo. Questão de coerência. Nada de pontiagudo ou cortante por perto. Com maratona de *This is us* não se brinca. Quando Jack aparece na tela, recém saído do incêndio de sua casa, ela suspira. Homem perfeito assim não se faz nem de brincadeira. Antes de apagar as luzes e mergulhar no melodrama que faz chorar a América, ela pensa em Joca, sozinho na sala, e em suas índias. Sente uma onda de ternura pelo que já foram. Ou são?

Joca se revira no sofá, o pau mais mole do que nunca. Ponta de remorso a se insinuar. Outro tanto de raiva, cansaço por essa mulher que não dá trégua. E se fosse cada um para um lado? Joca ronca e sonha que dirige uma Ferrari em Interlagos enquanto é chupado pela Adriane Galisteu, vence o campeonato contra Niki Lauda e recebe a taça de campeão com um beijo ardente da Naomi Campbell. Ele é o homem mais feliz da terra.

Natália toma melatonina, Lexotan e Frontal, mas dorme mal, faz xixi a noite toda, intercala joguinhos no celular, cochila, lê um trecho do diário que prometeu terminar até o dia 20, mas não completou uma página inteira sequer, e só quando começa a clarear o dia é que ela tem um sonho com o gostosão Lúcifer se derretendo por ela, mas se dá ao luxo de esnobá-lo porque precisa participar de uma competição de triatlo com Joca, a quem ela vence e recebe a taça das mãos do diabo que a carregue, aí ela goza e se molha todinha.

O hábito faz com que os dois acordem no mesmo horário. Joca bota o café pra passar, Natália prepara as torradas e a salada de frutas, nada de bom dia, como está, dormiu bem? Pelo contrário, o rosto franzido de ambos boa coisa não promete, tanto que falam ao mesmo tempo: precisamos conversar. Param, se olham. Em qualquer lugar do planeta essa frase significa deu, acabou, *goodbye*. As cabeças anuem, mas dá pra perceber uma nuvem de tristeza perpassar os olhos, encurvar os ombros. Ela diz: não precisa sair correndo, vamos fazer com calma. E ele: e por que eu sairia? A casa é tanto minha quanto sua. E não pode ceder nem um pouco? Ah, tá bom, agora eu é que poso de malvado! Ela vai retrucar, tá com a frase na ponta da língua, mas os celulares dos dois tocam ao mesmo tempo no grupo do WhatsApp e a voz do pai dela ressoa nos dois aparelhos com um só recado: liguem a TV. Pra quê? O velho repete: a TV, liguem.

Joca, que costuma ter o controle remoto colado na bunda, aperta o *on*, passa pela *Galinha Pintadinha*, pelo *Canal do Boi*, por duas novelas mexicanas, por *Todo mundo odeia o Chris*, pelo canal do tempo e, por fim, chega ao canal local com a manchete do dia: pela primeira vez em décadas, as principais avenidas da cidade amanheceram vazias, sem carro nem gente: um sucesso o primeiro dia de isolamento social! Se as coisas persistirem assim, venceremos esta pandemia em menos de quatro meses, preveem os cientistas. Até lá, não esqueçam: lavem sempre as mãos e fiquem em casa! Fiquem em casa! A frase, repetida no mundo todo, não deixa margem a dúvidas. Fiquem em casa. Joca e Natália se olham e se dão as costas. Disparam telefonemas para todos os lados. Os piores prognósticos se confirmam. Fiquem em casa. Vai passar, dizem. Na vida tudo passa. É, vai.

SÁBADO DE ALELUIA

Magnólia Pischel, acadêmica de Ciências Sociais e diagramadora do jornal alternativo Logo+, passa o ferrolho na gráfica do Alemão, deixa um pacote de impressos no bar do Antonio, desvia da multidão festiva que desce a avenida rumo ao parque – de onde saiu essa gente toda? –, atravessa a João Pessoa com passos apressados, percorre cinquenta metros à esquerda da faixa de segurança, entra no edifício Primavera Paris sem cumprimentar o porteiro e sobe direto pelas escadas até o terceiro andar. Para em frente ao 304-A. Vasculha a bolsa de ráfia de onde extrai o espelhinho para conferir se o batom está corretamente aplicado, o pó precisa ser retocado, a franja está com o caimento certo. Ajeita o vestido tomara que caia florido para que os peitos, sem sutiã, não pareçam caídos, percorre o pequeno corredor escuro algumas vezes e, ao constatar que o coração ainda não saiu pela boca, toca a campainha. Uma vez. Nenhum movimento ou som vem de dentro. O elevador para no andar às suas costas. A porta pantográfica abre, ninguém sai. Ela pensa em pedir que segurem, que já vai. Mas o dedo insiste em tocar no 304-A. E ela toca, a segunda vez um tiquinho mais demorado que a primeira. A janelinha de vidro da porta não dá sinal de que alguém se aproxima. Sete meses sem vê-lo, duzentos e vinte e quatro intermináveis dias e noites e a porta está fechada. Sente um calorão tomando conta do corpo, suor no buço, ergue os cabelos para refrescar a nuca e nota que suas axilas não estão bem depiladas, aproxima o nariz para ver se não cheiram mal e aí, quando inspira o ar com força e o vestido deixa parte do seio à mostra, a porta é aberta de supetão e o objeto de sua tara a olha com surpresa e, aos poucos, evidente diversão. Magnólia sabe que deveria dizer alguma coisa e assim desviar sua atenção dos olhos negros que tiram seu sono noite após solitária noite, porém é evidente que não possui qualquer controle sobre seu corpo, que esse poder é exercido pelo índio moreno que diante de si exclama que grata surpresa! A voz, tão grave e firme que faz suas pernas tremerem quando ele repete a frase junto ao seu ouvido ao se trocarem beijos de boas-vindas, insinua que demorou, que faz tempo espera sua visita, e ela ainda não pronunciou palavra, talvez porque esteja em franco processo de derretimento, ao menos é desse modo que se sente, mas quando esboça a primeira frase – antes tarde do que –, se dá conta de que uma mulher de braços longos se aproxima perigosamente do corpo do homem e o enlaça pela cintura. E ele, esse mesmo ser que há pouco confidenciara estar feliz com sua presença, que até mesmo ansiava por ela, aceita o abraço, vira-se para a mulher, depois para Magnólia, e as apresenta: Jane, Magnólia, Magnólia, Jane, como se fosse a coisa mais natural do mundo estarem ambas a seu dispor. Ódio! Não menos que ódio é o que sente por si mesma, pela facilidade com que manda pelo ralo tudo que leu e aprendeu com Steinen, Sontag, Muraro e outras tantas que a fizeram crer que com ela seria diferente, que ela seria insubmissa, poderosa. Tola. Pior, o jogo está dado: Jane é bela, Jane está seminua, enrolada em uma toalha, os cabelos ainda pingando água, os dele também, repara Magnólia rilhando os dentes. Burra, cretina, idiota! A cabeça zune, o coração bate forte enquanto ele segue falando e perambulando pelo JK recolhendo cinzeiros, copos, ajeitando o lençol amarfanhado pelo uso recente, talvez até maconha tenham fumado ali, entre uma lascívia e outra, o olhar de adoração de Jane evidencia que deve ser capaz de tudo por ele, tudo, a putinha, ao contrário dela que. Que o quê? – Magnólia se pergunta, incapaz de responder, de reconhecer que nada significa para esse homem, seu primeiro, num quarto de hotel da Voluntários, com colcha de chenile e papel higiênico sobre a cama para o caso de fazerem uso da pia imunda no canto, na noite que deveria selar sua passagem para uma vida adulta mais plena. Asco e dor substituíram o prazer que, na prática, veio bem depois e que, para ele, supõe Magnólia, não passou de um ato de vaidade, de uma conquista que sequer valia ser anunciada na turma de amigos que adorava ouvir suas proezas. Mesmo assim, não deixa de exultar quando ele diz que Jane está de saída, só veio se refrescar um pouco, que calorão infernal, hein? Magnólia corrobora: terrível, não podia ser pior, embora saiba que podia ser pior, sim, podia ser ela levantando da cama para receber outra faminta de seu homem, outra que, à sua semelhança, ficou a esperá-lo em vão inúmeras vezes. Reunião do diretório, moções, petições, notas de repúdio, correção de provas, pretextos não faltaram para justificar a ausência que, na maioria das vezes, respondia por outro nome: Sara, Luíza, Andréia, Marias e Marias. E o tempo passando. Sem compensações, sem aconchegos, mundo seco, doente, só. Magnólia circunda a cama e vai até a janela que dá para a faculdade de Economia, onde também ali ele se faz ouvir, adjunto promissor, dizem, então repara, pelo reflexo no vidro, que às suas costas os dois se beijam, que Jane está praticamente nua, as mãos dele massageando os seios duros, alvos, magníficos, seus lábios percorrendo ombros, pescoço, até erguer a cabeça e olhar direto para Magnólia, reflexo contra reflexo, é um olhar de comando que ele envia – venha – e que ela recusa, é humilhação demais, precisa romper essa corrente, parar de ouvir a voz – venha – ela não quer, não irá, no entanto teima em ver o que não deve, o calor está insuportável, melhor ir embora logo, e ela vai, sem pressa para não parecer que foge, e passa perto porque o apartamento é pequeno demais, deve roçar neles mesmo que não queira, como talvez eles também não queiram envolvê-la daquele jeito, puxando-a pelo vestido que escorrega cintura abaixo e ela tem que erguer os braços para conseguir passar entre corpos tão próximos, as protuberâncias de um e outro encostando nas suas, de tal sorte que mãos, membros e línguas se misturam formando uma massa humana quente pulsante quase indecente pela maneira como a jovem se debruça sobre o seio esquerdo de Magnólia para que do direito possa se servir ele, claro, e Magnólia aproveita para afundar a cabeleira negra para baixo, cada vez mais, mais ainda e, não fosse o amparo que Jane lhe oferece com o próprio corpo, corpo que se abre para ela em deliciosa surpresa, teria desfalecido, como desfaleceu em sucessivos momentos a partir daí, com a graça de todos. Abençoados os que têm sede.

O MUNDO PELO AVESSO

Banheiros costumam ser espaços propícios para remoer, lembrar, fazer contas, urdir. Audálio Libxen, 48 anos, engenheiro agrônomo, casado e pai de três filhas, pergunta diariamente ao reflexo de sua cara redonda e empapuçada no espelho trincado do armarinho com quem ele está falando. Não recebe resposta. Mesmo assim, Audálio insiste e não dá pra imaginar como seria se um dia, de fato, ouvisse a resposta à pergunta diária, mas dá para saber a reação ao gesto de atirar que ele também repete há anos e que num determinado dia resolveu acontecer. Porém, antes da surpresa, do choque terrível de descobrir o quanto uma brincadeirinha boba podia gerar consequências funestas, Audálio recorda a primeira vez em que ele e Elsa foram ao cinema juntos depois de muito papo cabeça e uns amassos memoráveis no carro do pai dela. A escolha do filme – *Taxi Driver* –, bem distante das comédias românticas que faziam parte da trilha dos namorados, era uma espécie de teste. Desnecessário. No escurinho da sala, Elsa confessou sua predileção por filmes de terror, de ação e de suspense e sua ojeriza por filmes melosos. O coração de Audálio bateu mais forte. 114 minutos depois – Elsa ainda recostada na poltrona, de olhos fechados e em estado de êxtase e que nada tinha a ver com as tentativas frustradas de mão boba dele durante a sessão – ele teve a prova definitiva de que ela era a tal. Só não a pediu em casamento na hora porque tinha noção de decoro e ela merecia bem mais do que ele podia oferecer no momento. A reserva de mercado, porém, foi feita e selada duas semanas depois, quando os assentos reclináveis do Corcel foram substituídos pelo sofá-cama do primo, mais uma coleção de vídeos pornôs de quinta categoria. A aula de sacanagem que os dois protovirgens precisavam e da qual fizeram excelente uso durante o casamento (e antes e depois, que sexo não é coisa que caia na malha do esquecimento). O padrinho da liberação sexual de Audálio e Elsa, o ítalo-americano Robert De Niro, passou a figurinha carimbada na vida marital – ai, aquela pintinha no rosto! –, e quando, por cansaço ou mau humor, a farra dos lençóis perigava, era a figura de Bob que voltava a animar as coisas.

Chegado o dia em que a fórmula não adiantou mais – essas coisas acontecem, dizem os especialistas em família, todos tão broxas quanto – Audálio passou a se trancar no banheiro, cujo espelho foi retratando as bochechas infladas, o princípio de calvície, uma dupla papada que tentava esconder com um cavanhaque – te ilude! ela dizia. Ele se olhava e perguntava repetidas vezes: você está falando comigo? Está? Audálio sabe quem é e quem não é, mas a pergunta é irresistível, a pergunta o leva para Nova York, a meca do crime e do vício, das putinhas de rua, do sexo livre, a cidade que tudo gera, traz e devora, a Nova York das fantasias ilimitadas. Na manhã do infausto acidente, Audálio pergunta mais e mais vezes, dá um sorriso enviesado, aponta o dedo como um gatilho e atira. Quando se dá conta de que a mancha de sangue é sangue, de que o tiro é tiro, quer parar de brincar, mas aí não dá tempo pra mais nada e ponto final.

O inspetor Lopes, que atende a ocorrência, é tão magro e mirrado que, não fosse o narigão e a capa preta que não tira por nada, passaria despercebido até pelos homens que fazem a guarda do perímetro. Compensa com uma voz tonitruante que não admite contestação. O que ele diz é lei (acredita ele, que em alguma coisa têm que acreditar os agentes da lei e da ordem). Para a produção do programa *A hora do fim*, exibido na TV e no Youtube diariamente, a única lei a ser respeitada é a da audiência, portanto, o baixote que se lixe, não fosse por eles destacarem o trabalho investigativo dos caras, os ratos estavam tudo à míngua. Chegam com equipamento, fios, *spots* e, quando estão a um passo de entrar no banheiro, são barrados por Lopes, que desta vez se faz ouvir: vocês estão diante de um crime, um homem morreu aqui, em circunstâncias duvidosas, e a polícia deve fazer seu trabalho. Portanto, rua! Fora daqui! A muito custo, e sob protestos, todos se retiram. Lopes está acostumado, o convênio entre a TV e a central de polícia, para melhorar a audiência de uns e a imagem de outros, tem trazido mais confusão que vantagens, mas quem é doido de enfrentar a Vênus Turbinada e seu imenso poder de fogo? Antes que suba a pressão de novo, Lopes fecha a porta do apartamento, dá uma geral pela sala – porta-retratos (quanta felicidade!), revistas, contas –, sorve uns bons goles direto da garrafa de um Ballantine's 12 anos, vai até o banheiro, salta sobre a mancha de sangue, senta no vaso e mija demoradamente. Ele confere o que vê com o que revelam as fotos enviadas pelo legista para o seu celular. A pose estranha do homem, uma espécie de espanto nas sobrancelhas arqueadas, uma mão sob o corpo e a outra estendida na direção da pia, há algo esquisito ali, amplia a imagem ao máximo, é um furo o que vê na ponta do dedo indicador, não uma mancha, um furo, perfeito como o calibre de uma bala. A ideia é absurda, não se sustenta, mas desconfia, contra toda a razão humana, que encontrou a arma do crime. Abre o armarinho – remédios, pastas bucais, cosméticos. Nem sinal de arma. Olha-se no espelho com atenção. Tão feio que só o cabelo preto e encaracolado salva a moldura. Ao menos a inteligência segura as pontas. Por enquanto. Ouve um som inesperado. Volta-se. Nada. Apaga a luz, fecha a porta, estende o lacre e sai do recinto. Talvez arquivar seja mais simples, morte acidental, coisa assim. Sem a arma do crime qualquer resultado soa absurdo.

Elsa Libxen, novata no ramo da viuvez, chora e enterra o morto com a mínima dignidade exigida nesses casos – as condições em que se deu a morte são nebulosas e podem suscitar suspeitas –, cerca-se das belas filhas em desvelo amoroso sem precedentes. Aproxima-se do caixão, passa a mão no rosto bem barbeado, no peito largo onde tanto se aninhou nos anos dourados, e sente raiva, um despeito pelo que não foi e jamais será, e as lágrimas que caem ela atribui a isso, ao amor que foi a base de tudo e que, bem no fundo, onde guarda o retrato mais fiel de si mesma, ela ainda acalenta. Uma linha de preocupação marca a testa da viúva: o futuro é uma incógnita cruel nessas horas. O irmão capuchinho se aproxima, encerra a homilia, dá a bênção final, todos rezam, e o corpo do marido e pai finalmente arde nas chamas do que quer que ele mereça. Amém.

Quem não descansa em paz é o zeloso Lopes, que não consegue aceitar a tese de suicídio por arma de fogo sem a arma de fogo, a de assassinato sem pistas e suspeitos (álibi frágil da viúva, mas cadê o motivo?), sem falar no intrigante dedo indicador que sequer o perito foi capaz de explicar, embora tenha detectado resquícios de pólvora nele. Para não exceder o prazo legal, o delegado sugere arquivamento por morte acidental. Na noite insone que precede sua decisão, Lopes volta ao apartamento. Examina bem a sala. Tira os quadros da parede. Olha no verso dos porta-retratos. Folheia os poucos livros da estante. Vasculha gavetas. Um pequeno cachimbo vazio e nada mais. Uma casa de família classe média, com seus retratos e bibelôs, um violão velho encostado na parede, algumas aquarelas amontoadas juntando pó, nada a indicar o fomento de ódios, rancores que pudessem causar a morte do homem da casa. Ele sabe que se trata de aparência, que as veias do corpo familiar transportam mais do que sangue, que, ao contrário do que o patologista da faculdade pregava, somos mais do que um tubo de merda. Os instintos lhe dizem que a bizarra morte de Audálio Libxen talvez se explique em esferas às quais ainda não tem alcance. Entra no banheiro. Cheiro forte de Ajax e Qboa. Um tapete peludo sobre a mancha. O leito de morte do homem que comprou com seu suor aquela casa. Audálio Libxen, 48 anos. Engenheiro agrônomo. Gentil, um tanto tímido, aficionado por palavras cruzadas e sudoku, fã de Iron Maiden, apaixonado até o fim pela esposa que conheceu no *campus* e que lhe deu três filhas. Lopes tende a acreditar em discursos humanizantes, de palavras escritas com iniciais maiúsculas, Verdade, Razão, Justiça, Lei, Humanidade. Para na frente do espelho e se olha detidamente. O nariz se estreita, as bochechas inflam, o cabelo rareia, um olhar sobressaltado substitui o seu. Sorri enviesado e aponta o dedo indicador como um gatilho.

TSUNÂMI

A parada de ônibus estava quase vazia quando um tapa nas costas do homem de terno de giz marrom, conhecido como o Valdir-que-remédio, provocou o tsunâmi: engoliu ar, mordeu a língua, o sangue deu enjoo, o enjoo fez vomitar, o jorro manchou o sapatênis cinza do cara que ninguém conhecia e que assim, do nada, sem razão nem explicação, deu o tapa que começou tudo e agora exige as desculpas que Valdir se recusa a dar, porque não tem culpa de nada e porque está com a cara estatelada no poste, com medo de ter quebrado o nariz de novo. Coisas insignificantes perto da tragédia que é ter um sapatênis da Nike filipina sujo por um irresponsável que não sabe conter seus impulsos orgânicos (as palavras foram "não sabe se segurar, porra!", mas o novo acordo ortográfico luso-chinês não recomenda o uso de palavras chulas em qualquer situação, posição que adoto integralmente neste preâmbulo).

"Palhaçada" é o que diz a mulher de macacão colante de oncinha ao valentão que se defende dizendo que o calçado foi comprado em dólar – em dólar! – na Ali Express. "Bobagem, devia enfiar esse troço horroroso no fundo do armário de vez". E antes que o boçal tivesse tempo de esboçar reação, o tec-tec da bota de salto dez se distancia pela calçada, com Valdir-que-remédio sendo devidamente consolado pela loira de peruca oxigenada e rebolado de Marylin. O que mais pode querer o velhote vagabundo, cretino, safado, filhodaputa e coisas que não dava mais pra se ouvir quando dobraram a esquina e se despediram ao mesmo tempo em que se apresentaram – Valdir, Marlene –, ela com alívio, ele desolado, que nem em sonhos conseguiria uma mulher assim, juntinho assim? Ao pensar nisso, o Mar Morto dá sinal de vida, hosana!

Fica um tempo parado, usufruindo o fato de estar vivo, plenamente vivo, inspirando fundo pra ver se retém um pouco do perfume da mulher que some no meio da multidão que lota o Vila Elizabeth e que parte assim que o fiscal puxa a caneta e anota o horário, sete minutos e quarenta e dois segundos atrasado, xispa!

No corredor apinhado, ela tropeça na velha de trouxa na cabeça e lembra de outra velha de trouxa embaixo do braço, as costuras e os remendos da semana esperando para serem entregues, pagos e convertidos na comida que agora lhe sobra graças a outro tipo de trouxa que também faz parte de sua vida e compõe seu sustento. Toda mulher tem a sua. É sina.

Um passinho à frente e mais outro e está quase na porta, a bolsa presa ao peito, uma mão na alça superior e a outra puxada por outra mão, esta pequena, melecada, que ela quase não vê, só a carapinha redonda que abraça as suas pernas com força, como pode, tão pequena assim, se agarrar deste jeito? Marlene tenta se desvencilhar, mas não consegue, os passageiros vão passando por ela com esforço no ônibus lotado, quase a derrubam sem que ela consiga se mover, chegar até a porta, ali, tão pertinho, e no entanto. Quando um banco vaga, ela consegue escorregar até o assento e ficar de frente para a criaturinha de olhos negros arregalados, camiseta rasgada, suja da cabeça aos pés, muda de medo. Pergunta o nome, cadê a mãe, o pai, quem cuida dela, cadê, a menina nada responde, balança a cabeça a cada pergunta, está prestes a chorar, impossível não a acolher entre os braços, não tem mais de quatro anos, merece cadeia quem é capaz de abandonar uma criatura indefesa assim. Marlene pergunta ao motorista, ao cobrador, ninguém sabe, ninguém reparou, não fazem ideia. Ela precisa descer, passou do seu ponto faz tempo. A menina não arreda dela. Descem juntas. Reconhece a praça do seu jardim de infância, em escombros como boa parcela de sua vida passada. Caminham entre os brinquedos abandonados, um bebedouro ajuda a matar a sede. Sentam num banco. Ela puxa conversa, a menina não responde, entoa uma ciranda em voz baixa, as cabeças unidas, os soluços da menina vão cessando, ela adormece. Quantas crianças iguais a ela Marlene deixou de criar, amar, em nome de quê? Lembra das histórias da bíblia, dos sacrifícios humanos que os antigos faziam e que a horrorizavam, e pensa em todas que, sob variados pretextos, eliminou de si sem pensar duas vezes. Agora não tem escolha. Tudo com ela.

    O sol desfalece aos poucos por trás do viaduto que cerca a praça. Um vermelho intenso tinge o céu de um lado a outro do horizonte. Precisa sair dali antes que a noite chegue. Procurar a polícia, o juizado, o hospital, a UPA, entregar essa pessoinha para alguém. Alguém que não seja ela. Ela não. Não. Os braços magros mas fortes da menina não a abandonam, é com ela no colo que percorre algumas quadras, passa por paradas de ônibus vazias como as lojas, os botecos e os quiosques que baixam as grades à sua passagem. Nem uma viva alma para informar onde, em que direção.

    Ela tem vontade de gritar, pedir socorro, mas reconhece os sinais – é o toque de recolher dos Bala na Cara. O silêncio e algum refúgio é tudo que necessita. Ela abraça forte o corpo esquálido e pequeno que traz junto de si. A menina acorda; com medo do escuro, chora, chora alto, chora sentido, ela pede pelamordedeusquietinhaquietinha, e quanto mais fala, mais alto o choro. Ouve o rangido de portas se abrindo, passos correndo, muitos passos, motor arrancando, acelera, acelera, um carro preto, tipo camionetão, para bem ao lado, com as janelas abaixadas pra que os guris – são quase umas crianças eles – fiquem com meio corpo pra fora, exibindo os ferros que trazem nas mãos, ferros que carregam balas, não sabe o tipo de arma, sabe que tem bala, muita bala, e um deles, o mais saliente, destrava a arma e faz o clique que se vê nos filmes. "É só uma criança, só uma criança", Marlene diz. O rapazote faz mira e zoeira com os camaradas quando diz "E daí? Tem que aprender desde cedo que". O resto da frase é encoberto pela voz de Anitta a todo volume: prepara.

FIO DA MEADA

Começou com um estrondo, seguido de um tranco e por fim de uma guinada brusca para o outro lado da pista, ainda vazia na madrugada em que a geada embranquecia os campos de cima da serra. Foi quase na extremidade da ponte que marca a divisa dos municípios Taquari de Cima e Cambuqui, um vão de 49 metros de extensão, que quem conduzia o Monza bordô 1988 em perfeito estado, conforme o anúncio de venda colado na janela traseira, acordou e se deu conta do ocorrido. Respirou fundo, persignou-se, beijou a medalha de Aparecida que pendia do espelho retrovisor, apalpou as faces, a cabeça, soltou o cinto de segurança e voltou-se para o banco traseiro, a testa enrugada de preocupação com o que veria ali.

***

Estende a mão para trás e recebe uma sucessão de lambidas que escancara o sorriso na boca de lábios finos e rasgados, secos e rachados de frio. Quando o maltês branco com roupinha de escuderia italiana salta para o banco do motorista, é recebido com festa e recompensado com um biscoito devorado ali mesmo, na semiescuridão da estrada que permanece deserta. A motorista – sim, trata-se de uma mulher, embora por vezes não pareça, o cabelo crespo cortado bem curto, um tanto robusta, um jeito enviesado de rir e de falar que lembra *gangster* de filme antigo – ata a coleira do cão ao trinco da porta, aberta para que Totó salte, fareje o chão à sua volta, vá até o pneu traseiro e mije à vontade. Sua dona também desce, o zíper da jaqueta de courino fechado até em cima, as mãos com meia-luva de couro enfiadas sob as axilas, a respiração deixando nuvem no ar.

Rodeia o carro e, quando identifica o problema – putaquepariu! –, chuta o pneu traseiro direito, furado e afundado numa poça de lama – caralho! –, vai até a janela do passageiro, tira de uma sacola o celular e tecla seguidas vezes sem obter sinal, aponta o aparelho para o alto em diversas direções – merda! – e então o joga longe. Sapateia de raiva.

Os latidos do cão a despertam do transe, ela faz carinho até que ele se acalme, deixa-o sobre o assento e vai até o porta-malas. Não leva muito tempo para tirar as tralhas que atravancam o estepe, constatar que este está vazio e estapear-se – idiota! Imbecil! Cretina! Entra no carro, sintoniza na rádio Gaúcha. Um clarão ao longe confirma a previsão de mau tempo feita na hora pelo meteorologista. A vinheta dos postos Ipiranga toca e começa o noticiário. Primeiro a lenga-lenga da saúde, o tal do vírus que não tem remédio, aí as notícias nacionais e, por fim, na sessão obituário, a notícia que mudaria sua vida para sempre. Fica um tempão estática, olhos esgazeados para o nada. Bota a cabeça para fora da janela, olha para o alto e aponta com raiva o dedo médio para o céu, joga a medalhinha da Aparecida para longe. Abraça Totó, deixa que lamba todo o seu rosto, dá mais biscoitos para ele, serve água da térmica, faz-lhe cócegas na barriga, brincam os dois por algum tempo. Sinos fúnebres marcam o fim do necrológio radiofônico e o fim das brincadeiras com Totó, que segue fazendo festa à sua volta, mas não obtém resposta. Sua dona abre o porta-luvas, tira um revólver, destrava, gira o tambor, confere as balas, fecha, aperta-o contra o peito, desliza o cano pelo corpo, entre as pernas, mira com as duas mãos o coração, diz bam!, chora como quem não tem costume, engole soluços, devolve a arma para o porta-luvas, recosta-se com os dois braços no volante e então buzina várias vezes, com força. Nada acontece. Desata a coleira do cão, sai do Monza sem fechar as portas, vai até a ponte, olha para baixo e pula. Quando o segundo carro do dia passa pelo veículo abandonado, não há mais sinal de geada nos campos de cima da serra.

***

CRM colocou o ponto final sem a menor expectativa de sucesso. Obrigação cumprida, não mais do que isso. Trata-se de exercício para candidatar-se à disputada oficina de criação literária de mestre RPF. Vale dizer que serve para treinar, botar as coisas em ordem; na literatura não haveria de ser diferente. Mas bem que queria criar uma história com personagens complexos, trama bem articulada, sentido, meio e fim que não fosse aquele fatal destino de todos os seus textos. O problema é este puta buraco negro na sua frente. Jurava que era imaginação do Hawking, que o nada não poderia ser mais forte do que o tudo. E, no entanto, eis. Vasculha textos antigos, retalhos abandonados, qualquer coisa que tivesse um fio de meada pra puxar, mas o único fio que encontrou foi este questionário de personagem que o professor bolou em minúcias para, depois de pronto, o aluno receber a tarefa de criar um texto com um personagem totalmente oposto e um pneu furado. Simples, mas necessário, deve ter deduzido o proponente. Quiçá, quiçá. Mas que é chato, é. Ela termina a redação e olha para a tela, vazia como sua imaginação. A decisão de mudar de país, de vida, de tudo, tomada depois que as eleições consagraram o bestial como modelo político, visava também resgatar a única coisa que sentia fazer sentido em sua vida murcha, solitária: o ato de escrever. Escolheu um país que não lembrasse em nada a pocilga de onde saía. Deixou tudo para trás. Trouxe consigo apenas o contato de um escritor sergipano que conheceu numa balada paulista, radicado em Oslo, um elo necessário caso a língua voltasse a ser a sua mátria. Não funcionou. Esperança não se cultiva como acelga. Fecha o *notebook*, troca o moletom da quarentena por um *caftan* vermelho e vai para o *pub* preferido de Björk comer carne putrefata de tubarão. Faz dez dias que pediu asilo em Reykjavik e ainda não provou o prato. O cheiro azedo, sufocante que sente já da porta de entrada desestimula qualquer experiência culinária, mas ela não atravessou o Atlântico para se encolher de medo e preconceito, então atravessa o bar quase às escuras, vai até o balcão e tenta chamar a atenção do *barman*, cuja arrogância só perde em tamanho para a barba ruiva quando tem que deixar o celular para atendê-la. Ela faz o pedido em inglês, francês, arrisca um italiano, mas o cara de pau não reage. Deve ser dos que têm horror a estrangeiros, um dos xenófobos que têm proliferado pelo continente europeu. Ela aponta então para o cardápio com foto do bicho. Ele faz que não com a cabeça e volta para a ponta do balcão. A frustração de CRM é tão evidente que a mulher loira sentada na janela de canto se levanta e vem em sua direção. CRM repete a algaravia linguística que usou para se comunicar com o *barman* e fica surpresa ao receber a informação, em espanhol perfeito, de que, devido às alterações climáticas, os tubarões mudaram de freguesia e a iguaria estava em falta. Foi o que bastou para CRM iniciar, no portunhol praticado desde a infância, uma longa digressão sobre as faltas que marcam sua vida, as impossibilidades, os desencontros, a política no Brasil, os homens, as mulheres, a falta de esperança e o quanto ela deseja. O quê? pergunta a mulher. CRM não sabe o que dizer quando a pergunta é repetida. Gagueja mais um pouco. A outra insiste, CRM não responde, só mergulha nos olhos cinza-esverdeados que não a deixam mentir quando se aproxima mais um pouco e diz: felizmente mulheres não estão em falta na Islândia. Benzadeus! – responde CRM em bom português antes de selar o acordo com um beijo, que felizmente não precisa de tradução.

O CHAMADO

A porta. Não há. No lugar, saco de juta. Espalhados pelo casebre em ruínas, madeiras calcinadas, embalagens vazias, restos e ratos, dejetos de gente. Pastor Dioni torce o nariz e escolhe o lugar exato onde apoiar o sapato de cromo alemão, onde encostar a mão para abrir a cortina que separa uma imundície da outra. Em busca de quem, não tem certeza. Filho da Alzira, isso ele sabe. O nome lhe escapa. Nome pra quê? O pastor atravessa peça por peça. Quanto mais fundo, mais longe, mais sujo, mais quente, mais sem ar. E aqueles isqueiros todos se acendendo sobre as veias saltadas por borrachas rotas a ponto de estourar. A si, aos miolos. Às vezes, uma agulha dorme no braço e passam dias até saber se vivo ou morto vale alguma coisa. O cromo alemão range, de novo, no piso craquelado de sujo. E lá, na última peça, o olhar cravado na goteira que desce a um palmo do nariz, está ele. Um fiapo de gente em pose de lótus, cabelo de *dreads* pelos ombros, quase uma mancha na parede. Difícil esconder a repulsa. Profunda, intensa repulsa. Vontade de dar as costas e esquecer a promessa feita à mãe do traste, que sequer se dá ao trabalho de olhar para ele, mas algo segura o pastor ali e não é a lembrança do choro da velha nem a fé que deveria embalar todos os seus atos, nem alguma esperança de fazer o bem, redimir aquele pecador. No íntimo inconfessável de si, a verdade é que pouco se lhe dá quem vive ou quem morre entregue ao vício ou o estado em que se encontram suas almas. Tem mais o que fazer o braço direito do bispo. Conferir a coleta dos dízimos, o sorteio da bíblia, a rifa especial do bispado, os livros contábeis todos em aberto por incúria de seu antecessor. Incrementar a comunicação da rede pastoral, antes que as novas igrejas dominem o Instagram, o WhatsApp, e lá se vá o pão nosso. E as servas de Maria, claro, sempre elas a demandar, exigir. Alzira entre elas, a chorona. Tantas preocupações, responsabilidades, e é com o sujeito magro, quase esquelético, que não lhe dá a mínima, que ele perde seu tempo. Se aproxima devagar, as palavras na ponta da língua. Contudo, algo a ver com a luz dos olhos verdes percorrendo o fio d'água de cima para baixo, de cima para baixo, de cima para baixo, de modo que nada mais reste para ver ou sentir, exceto o fluxo da vida, faz com que o pastor se detenha. Também seus olhos acompanham o ritmo, seu coração navega no abandono. Cristo? Ele se pergunta: Cristo? Se fosse, constata com tristeza Dioni, não o reconheceria. A fé que professa vende milagres, não os realiza. Então o jovem tira de algum recanto à sua volta uma colher, um isqueiro, um papelote e o velho mundo emerge. Adeus paz, idílio, fluxo. E enquanto o rapaz prepara sua viagem, trêmulo, ansioso, sem sinal do ser pacífico de há pouco, o pastor prepara sua homilia. Se agacha sobre os calcanhares e fala em voz baixa, melodiosa, embora não haja doçura no que se prepara para dizer.

— A primeira vez em que ouvi o chamado, não reconheci a Voz. Não era de homem, então como podia? Mas aí eu vi, nos fundos de um bar vazio de fronteira, ela, nossa divina Mãe, linda como uma artista de cinema, e ela me disse, como se fosse a coisa mais natural do mundo: se você me crê, você me vê. Eu ri, parecia bobagem, conversa pra boi dormir, mas quando senti um hálito quente, perfumado, me envolvendo todo, corpo e alma, vi que tinha uma coisa acontecendo e era bem maior do que eu. Bem maior. Porque já fui como você. Desse mesmo jeito, desmilinguido, inútil, drogado, um lixo — se aproxima do jovem e fala quase ao pé do ouvido, suave. — Mas ela foi falando e falando, cada palavra se encaixando direitinho no que eu sentia, e tudo me veio de uma vez só, cada lembrança, cada vivência, a porrada de viver por si, sem amparo, patada em cima de patada, um castelo de cartas marcadas tão fácil de soprar que, quando dei por mim, nu, sujo e enrabado no posto da aduana, pensei que pior não tinha como, então por que não aproveitar pra ouvir o que ela dizia? Porque uma mulher assim só chega na vida da gente quando mais baixo não dá pra cair, e aí não importa se é de verdade ou assombração, se é de carne ou fantasma, o importante é que chega pra consertar as coisas, pra botar prumo, pra provar que sem fé não tem vida que se sustente e ponto final.

O rapaz reclina o corpo para trás, tentando se afastar do pastor, cuja voz endurece aos poucos.

– Então meu conselho é: se é pra viver, vem comigo. Se é pra morrer, posso te dar uma ajudinha, que disso entendo.

Um olho se arregala para o pastor enquanto o outro controla o fogo na colher. Seus lábios tremem. O pastor se excita. O medo é seu combustível, ver os rostos se crispando à sua aproximação. Seres à deriva como o rapaz, um prato cheio. Ah, se ele soubesse... Segue o jogo.

– Não faz essa cara de assustado, que não sou louco.

O pastor fica em pé, alisa o vinco das calças, puxa as mangas, ajeita a gravata, se exibe.

– Olha pra minha estampa, a qualidade desse terno, o caimento. Reparou no corte, no estilo? Isso, meu filho, é coisa de gente de bem, que vai à igreja, paga o dízimo, sabe onde o calo aperta e onde a pressão aguenta o tranco. Porque eu achei o caminho, e se estou aqui, assim, é pela vontade do Senhor, e você podia também estar comigo, se quisesse. Mas pra que se dar ao trabalho, não é mesmo? Você, dá pra ver de cara, tá mais pra não. É tudo negação, sujeira. Você é do tipo que se picando tudo dá. Leva tudo de arrastão, família, casa, e o mundo que se exploda, não é assim?

Pois olha, se não fosse por sua mãe, dona Alzira, que recomendou muito eu lhe procurar aqui, nesse muquifo caindo aos pedaços, eu deixava por isso mesmo, pra não ficar com esse cheiro ruim impregnado nessa roupa tão caprichada que minha Marlene encomendou especialmente de Miami pra mim. Miami, já pensou? Nem sabe onde fica, garanto.

Dá uns passos pelo quarto, cuidando onde pisa, sem disfarçar a repugnância. Tira do bolso do casaco um evangelho, meio roto. A voz encorpa e aumenta de volume.

– Pois dona Alzira acha que você ainda tem jeito e me pediu o favor de lhe trazer a Palavra. Eu trouxe, tá tudo aqui – bate na capa do evangelho. – Cada coisa que Jesus disse, fez, contou, tudo aqui, nesse livro meio gasto, mas nem por isso menos valioso, porque trata de uma história de verdade, amor, doação. Você devia se dar um tempo e ler. Tintim por tintim. Sem essa cara de nojo, seu fodido de merda. Então vamos fazer o seguinte: se não gostar do que tá escrito, recorta e fuma, que pra isso a palavra do Senhor serve, sei.

O rapaz dá um sorriso debochado, estica o dedo médio para o pastor e cafunga o que sobrou na colher.

– Não te interessa, não é mesmo? Esse papo de Deus não tem a ver contigo, tô sabendo.

O pastor se aproxima por trás do rapaz e se agacha enquanto passa as costas das mãos na face do jovem, que se encolhe, mas não escapa.

– Então relaxa e sente a suavidade dessas mãos tratadas a *Relief 10*, importado da galeria Lafayette, de Paris. Repara nesse aroma precioso, delicado. Tudo para que a força, que nunca me abandona, não deixe marcas indeléveis nesse pescoço tão frágil, negro, quebradiço. Sentiu? Ainda passa ar entre os dentes? Um pouquinho mais de força e se resolve. Agora sim. Nem foi tão ruim assim, não é mesmo? Melhor do que partir com vômito entalado na garganta, como um drogado qualquer. Você não é um qualquer. Você é filho da Alzira, goste ou não. Vai com Deus, meu filho.

SENHOR X

O cheiro. De assoalho podre, mijo, baratas, cigarros, suor. É a primeira coisa que se nota, ao subir, passo a passo, mãos apoiadas no corrimão, a mesma escada lascada e sem pintura que eu subia de dois em dois degraus pra ver *A Rosa*, furando fila, ouvindo desaforo, mandando tomar no cu. Bette Midler valia a investida na sensível homenagem a Janis Joplin, que emocionava *junkies*, *darks* e roqueiros na sessão de meia-noite das sextas-feiras.

Agora é outro agora. Faz muito tempo que não bebo, não fumo e já passei da idade de acordar em cama alheia sem fazer ideia de como fui parar ali. Tudo o que tenho são esses cento e trinta e sete mil caracteres impressos sob o título *A outra face* empilhados sobre uma mesa no canto do palco para serem autografados e, eu, festejada, se a previsão dos amigos estiver certa. Da porta onde acesso, ofegante, a pequena sala, não parece promissora a tarde. Meia dúzia de pessoas espalhadas entre as poltronas das fileiras A a J, entretidas com seus eletrônicos, indiferentes à minha chegada. "É cedo" diz a assistente da editora, cujo nome nunca recordo. Eu quase retruco "cedo para quê?", mas não vou despejar sobre a garota papinho desanimado, não combina. Armo um sorriso, empino o peito, ajeito o cabelo, apresso o passo em direção à primeira fileira, onde os mais íntimos me esperam, fazem festa, me aplaudem, alimentam expectativas que parecem exageradas para público tão escasso, mas cada um tem que fazer sua parte e hoje é estreia, é lançamento, eba!

Duas estudantes de jornalismo se aproximam, querem detalhes sobre a obra, as razões, o tema etc. Dou uma resposta genérica. A assistente completa com mais detalhes. As estudantes anotam tudinho. Fofas.

Subo ao palco, ajeito a cadeira, as canetas, confiro no espelhinho a maquiagem e me sento, à espera. Minha última sessão de autógrafos ocorreu numa outra era, pré-dinossáurica, *quando o meu mundo era mais mundo e todo mundo admitia*, dá peninha só de pensar nisso. A luz do *spot* me cega, mas um burburinho crescente sugere que mais gente está chegando, a assistente se aproxima pra perguntar se podemos dar início, eu digo que por mim, sim, podemos dar início.

Querem saber sobre o que motivou a escrita, respondo com um lacônico "a vida" e passo pra razão do título, que "a outra face" é a vingança que se come fria e isso, pra mim, já diz tudo; que as dificuldades e as pesquisas de época dão menos trabalho do que conviver, intimamente, por todo o período da criação, com as lembranças que aquele período evoca, e por aí vai. Fiz meu melhor, acho. Mas quando perguntam se o protagonista foi inspirado numa pessoa real e quem seria, perdi o fio, por pouco a fala.

– Real. Real é tudo que existe. Real também é a moeda brasileira. O mesmo nome para duas coisas tão diferentes, contraditórias até. E aí, com o que a gente fica? Eu digo: com todas as possibilidades, à medida em que se apresentam. Porque não importa se uma coisa é real ou não, importa se é verdadeira, e isso sim é tarefa pra leão. Aplica-se o mesmo aos personagens.

– A verdade não passa de opinião sobre fato, assim como a mentira é o seu oposto com sal. Não seria mais importante valorizar o real e trabalhar em cima dele para modificá-lo, se for o caso, ao invés de enquadrá-lo em conceitos morais?

Bingo! Essa voz não me engana. É ele, o danado, é ele! Mas não consigo vê-lo, porque a luz bate direto nos meus olhos. Peço que desliguem os *spots*, fica só a de serviço, fraca, mas ao menos não impede a visão. Dou uma geral pelo ambiente, pelo menos uma meia dúzia poderiam ser ele: o loiro da terceira fila, o careca da oitava, o cabeludo da última, qualquer um que tivesse se submetido ao processo de desmonte do seu eu para assumir outra personalidade, aparência, uma espécie de eu pelo avesso. Até hoje me custa muito imaginar a brutalidade que alguém comete contra si mesmo fazendo isso. E pensar que fiz essa descoberta na sala de espera do ginecologista quando troquei a *Caras* por um hebdomadário (sim, é isso mesmo) em que uma colossal reportagem investigativa desnudava os métodos usados pelos insurrectos do regime para fazer frente à ditadura militar. E lá estava ele. Anselmo, Walter, José, foram vários os codinomes a ele atribuídos. Com retratos de infância, o antes e o depois das cirurgias. Pior: o antes e o depois de mim. Lá estava a atual mulher, filhos e retratos de casamentos passados. Não o nosso. Não. Foi então que comecei a entender a saída com a roupa do corpo, a porta batida para nunca mais, o futuro esfarelado em questão de segundos.

– São justamente os conceitos morais que embasam a maioria das mudanças, por menores que sejam, mas a verdade é mais do que isso, é pilar civilizatório, não sei se me faço entender.

Clandestino. Assim era conhecido quem saía da vida oficial, concreta, pra começar do zero outra vida, com outra mulher, outra família, outro trabalho, como o sujeito mais normal do mundo. E pra isso usavam todos os recursos, até cirurgia plástica, de modo que, ao cabo de um tempo, ninguém mais sabia, ou lembrava, de como o Senhor X era na realidade. E o filhodaputa fez isso comigo. Transformou uma bela vida em comum, um amor forte, intenso, num nada.

"Um estágio necessário para a execução de um plano mais elevado", diz o representante do partido na revista. Eu, o dito estágio, é que me fodi.

– Perfeitamente. Mas talvez você esteja confundindo mentira com ficção. Quem passa a vida construindo mundos na imaginação talvez não entenda o que é preciso fazer para mudar o real. Os sacrifícios necessários.

Solto uma risada mais estridente do que seria recomendável. Sacrifícios! Como se o cretino não tivesse deixado um rastro de cruzes pelo caminho, semeado dor e abandono, em nome de quê?

  A atenção da plateia se divide entre nós dois, à espera de um revide que não vem. Não quero dar o gosto. Preciso que ele me veja inteira, com meus talentos valorizados e mantendo minha integridade pessoal e profissional intacta. Intacta? Exagero, né. Um caquinho foi o que saiu daquela noite, a da porta batida. *Ah, se eu pudesse, eu te mataria, amor* – como é mesmo a música? Chico? Não, Chico fez a trilha do adeus. *Olhos nos olhos* tocando a toda no apartamento vizinho quando o safado, de fato, partiu e me deixou, meu bem. Saiu só com a roupa do corpo, supus que ia voltar logo, pedir perdão. Acompanhei o som de seus passos pelos três andares e o blam! da porta do saguão, avisando toda a vizinhança de que o macho cansou, foi cantar em outra freguesia. Mais uma.

  Surto de tosse. As cadeiras rangem. Ninguém se manifesta. A assistente deve ter notado meu cansaço, partiu pra organizar a fila antes que o povo se mande. Vamos ver se ele chega. Ou se foge de novo. Mas, então, por que veio? Pelo livro? Conferir o que está relatado, se falei o que não devia, dei com a língua nos dentes? Que língua? Que dentes?

  A outra face era pra ser um romance, situado na época do Videla, entre uma pedagoga divorciada e um argentino em férias em Torres, que se envolvem, por acaso, numa tentativa de sequestro de um casal montonero. Nas entrevistas que fiz surgiram relatos sobre os clandestinos brasileiros e os contatos com os *hermanos* para fortalecimento da luta comum. Não fazia ideia do que encontraria, muito menos que o meu amor estivesse envolvido na luta como os camaradas Anselmo, Walter, José. Nomes/codinomes, quem sabe?

  Eu só queria escrever um romance de suspense pra se ler na beira da praia, tomando cerveja. Mas não dá pra ser feliz ao sul do Equador. Este vespeiro não sossega nunca. Então ele que imagine o que quiser, de mim não vai ouvir um pio. Eu só quero que a fila ande. E que ele me esqueça, como já fez antes.

A depender da assistente, a sessão de autógrafos vara a noite. Porque, além do autógrafo, tem a conversinha camarada com os que sentam na cadeira ao lado e puxam assunto como se estivessem na sala de casa, geralmente velhos a quem ninguém dá muita atenção e a cobram de você, que já está no mesmo trilho, o passo devagar de quem dobrou a curva do tempo. Mas hoje, em minha glória literária, os velhos são os outros. E além deles, claro, as *selfies*, porque óbvio que a escritora não tem nada melhor pra fazer do que posar a seu lado, estimado leitor.

Os pés estão formigando. É isso que dá sair sem a meia elástica. Peço licença ao pessoal e vou ao banheiro. Quase tão sujo e fedorento quanto a noite em que turbinamos a cabine do canto com aiaiaias-uiuiuis e chutes na porta pra botar um pouco de animação no mais chato ciclo do cinema alemão moderno, R.I.P. Sem ninguém pra reprisar o momento, contemplo minha macilenta face sem simpatia. Os traços são basicamente os mesmos, não sofreram a ação de bisturi, *botox*, colágeno, mas basta viver pra fazer de um copo meio cheio um copo meio vazio. Menos que meio, bem menos.

Uma rápida escovada nos cabelos, um toque de Muse nos lábios e, quando me volto, ele está na porta, o sorrisinho de canto que me fez amá-lo e odiá-lo na mesma medida. Faz um sinal de cabeça pra cabine. Ele também lembra. Não passo recibo, no que depender de mim, o álbum está fechado. Se aproxima devagar, reteso meu corpo contra a pia, cruzo os braços, ele chega mais, se debruça em direção ao espelho, umedece o dedo com a língua e ajeita a sobrancelha, satisfeito.

– Foi o que te sobrou daquela melena toda?

Ele alisa a careca, divertido.

– Liso por fora, brilhante por dentro.

– Te ilude!

Gargalhou tão alto que tratei de sair de fininho. Ele vem atrás, me agarra o braço, solto num safanão. Ele se assusta com minha reação.

– Mas pra que tudo isso?

A cara dura desse sujeito não tem comparação. Marcho em silêncio de volta pra sala. Ele atrás, puxando assunto, por que eu não digo nada, por que essa cara amarrada, por que não dou uma chance, temos tanto a nos dizer. Estou tão cansada, ontologicamente cansada, que as palavras se recusam a sair, como os gestos, inanimados. Próxima à mesa dos autógrafos, sou cercada por leitores que me pedem *selfies*. A assistente diz que alguns gostariam de trocar palavra comigo. Sugiro uma coletiva, pra facilitar. Os que ficaram se juntam nas primeiras filas, eu me sento na escada, bem perto de todos. Ele se aproxima também. Alguém sugere uma foto. Se agrupam em minha volta, a maioria jovens ansiosos por conhecer mais sobre o tempo dos generais. Aponto para ele que, constrangido, tenta se evadir. Eu insisto: ele sabe, sabe muito. Perguntam quem ele é, como se chama. Ele não responde, evasivo. Eu provoco: não o reconhecem? Penso, mas não falo: o senhor importante. De revoltoso a figura pública. Ah! Se soubessem...

Os olhos súplices dele me pedem silêncio. Dou risada. Silêncio foi tudo que ele me deixou. Nenhuma explicação ou justificativa para a ausência que só cresceu no maldito silêncio. Mas agora? A ditadura acabou, os generais voltaram para os quartéis, as instituições democráticas estão sólidas, o povo está em paz. É isso que alardeiam os jornais, os políticos, as igrejas. Acredite quem quiser. De minha parte, só digo: chega de mentiras. Porque a mentira de um conspurca a verdade do outro, e isso não posso aceitar. Quero voz, quero que ninguém me cale e que ele faça o mesmo, então digo à pequena plateia: vamos, perguntem, ele sabe, mais do que ninguém, ele sabe. Porque cada realidade tem sua verdade e sua mentira. A verdade que construímos e da qual fazemos parte continua onde sempre esteve. As consequências também.

Mentira. Verdade.

Qual é a diferença?

O BOSQUE

Quando o novíssimo Volvo 450-B estaciona no parque La Leona, na Patagônia argentina, Elisa aperta a mão do amantíssimo Alan, sentado ao seu lado, com toda a excitação de quem percorreu quase quatro mil quilômetros na companhia de doutores e especialistas em geologia a descreverem as maravilhas que os esperam no maior bosque petrificado das Américas – 150 milhões de anos! É com esse espírito que desce saltitando os degraus do ônibus, os olhos fazendo a varredura instantânea da paisagem sem localizar o dito bosque. Alan vem em seu socorro: são esses troncos de pedra espalhados pelo chão. A decepção não podia ser maior quando também não vê vestígio dos dinossauros que o guia garantiu serem dali. Nove dias viajando com as maiores sumidades em mesetas, bacias sedimentares e glaciares entabulando as conversas mais inóspitas que a falta de imaginação poderia conceber e isso é o que recebe em troca? Alan tenta abraçá-la, velho remédio sedutor em ação, mas não surte efeito. Não é por ele que está ali. Volta ao interior do ônibus, pega a última garrafa de Malbec que sobrou e sai caminhando na direção contrária do grupo de acadêmicos, cujos chamados faz questão de ignorar. O terreno é acidentado, com várias formações rochosas e pedregulhos, plantas ressequidas, um calor escaldante que a exaure rapidamente. Nesta hora é que pensa no que faria Pablo. Fecha os olhos e mentaliza. Na falta de peiotes para expandir a consciência, Elisa apela para o vinho, como o que bebeu na companhia do peruano na noite em que se deu conta de quem era o grandalhão que há dias pernoitava no apartamento que ela dividia com as amigas e com Tales, que o trouxe. Era de poucas palavras, gestos comedidos, roupas surradas, apertadas no corpanzil de inca, tentando não chamar atenção. Passava os dias com Tales perambulando pela cidade atrás de cactos, cogumelos e plantas que pudessem ser usadas para o chá que o visitante prometia ser revelador. O resultado imediato foi um mau cheiro que perdurou por semanas no apartamento. Aqui, ao contrário, não há cheiros. O ar é tão seco que parece tomar conta dos pulmões e dificultar a respiração. Sem perceber, Elisa avançou mais do que o previsto, porque não há sinal do grupo nem do ônibus, e nada parece existir exceto os raios solares que explodem nas retinas, o silêncio espesso da ausência de vida. É desafiante pensar que a única coisa pulsante por ali é seu próprio corpo — ou seu templo, como ensinou Pablo na noite em que "trocaram de pele", quando, mesmo que mal tenham se tocado, quando a cuia do chá circulava de mão em mão durante a leitura de uma elegia inca, ao som da flauta peruana que ele tocava com os olhos fixos nos dela, ela sentiu, ela sabia, que a troca fora consumada. A revelação foi alcançada, ele era seu xamã. Tudo o mais foi apagado de sua mente. Confia que o deserto, seu ponto de partida para a jornada interior que pretende realizar, lhe traga as respostas para perguntas que pela primeira vez faz. Qual é o sentido da vida? Deus existe? De onde viemos e para onde iremos? Qual é nosso papel nisso tudo? Coisas assim, alheias à existência pragmática e hedonista que escolhera como modelo. Isso antes de Pablo, antes do vazio que o deserto amplifica e torna quase aterrador.

 Fecha os olhos e se prepara para meditar. Procura uma posição confortável à sombra de um rochedo, encosta-se contra uma grande pedra em posição de lótus e espera. Limpar a mente de pensamentos, ideias. Quanto mais deseja isso, mais a cabeça faz o contrário. Imagens que se reproduzem vertiginosamente. Muda de posição e se concentra. Uma coceira no cabelo tira a concentração. Com as unhas, coça nervosamente o couro cabeludo. Muda de novo de lado. Imagens da noite, de Pablo com ela, a visão dele se transformando numa ave imensa, majestosa, *flashes*, música, sensações que vão e vem, e agora é um zumbido que a perturba, um zumbido que não sabe se vem de dentro ou de fora, porque parou de tomar os remédios desde que a viagem começou, mas, exceto uma tremedeira ou outra, um breve desmaio, uns surtinhos paranoicos, a enxaqueca e os pesadelos noturnos que talvez tenham perturbado um que outro excursionista, exceto isso, ela está ótima, normal, normalíssima, de modo que desiste da meditação e segue em frente. Talvez não seja o caso de buscar, e sim de se expor a verdades superiores, a instâncias espirituais que ainda não entende, mas que existem — porque Elisa não é de acreditar em Deus, mas bota a maior fé em milagres que transformam tudo num passe de mágica – e então, merda! Sente umas coisas pinicando suas pernas, coisas ardidas, que não seja bicho peçonhento, ela pede aos céus, que ideia estúpida, isso aqui não é Austrália, ela se diz, deixa de ser covarde, mulher, mas... De onde esses rosnados agora? E uivos?! Elisa não faz ideia de como se defender dos animais que lhe parece serem muitos e estarem à espreita, se movendo em volta do rochedo, compondo sombras alongadas que lembram os coelhos que a mãe projetava nas paredes à luz de velas, tão simpáticos aqueles, assustadores estes, o sol bate de frente, dá uma tonteira danada, respira fundo, a boca parece que vai rachar todinha, a porra da garrafa d'água esquecida no ônibus por Elisa, a destrambelhada Elisa, que só não perde a cabeça porque está presa ao pescoço, dizia o irmão *nerd*, tão inteligente e brilhante que ganha a vida pintando estrelas incandescentes nos tetos das clínicas onde tenta se reabilitar. O som das feras cresce em volume e intensidade. Ela apela para seu xamã que a oriente e proteja, ou será que xamãs não fazem isso? Ah, Pablo! O pavor faz com que suas pernas se finquem na terra feito as árvores que estiveram ali um dia e, quando um líquido morno começa a escorrer pelas calças, Elisa se entrega ao desespero e tenta rezar um Pai Nosso, mas não lembra, os rosnados chegando perto, putaquepariu, como é mesmo que se reza? Silvo! O que acaba de ouvir é um silvo! Onde tem silvo, tem cobra, talvez dezenas delas, e nenhuma arma, chicote, como é mesmo que o Indiana fazia? Pra piorar, as bestas de pelo cinzento – raposas, deve ser – se chegando por todos os lados, bocas que salivam com quinhentos dentes, rindo e rosnando, rindo e rosnando. Elisa fecha os olhos, faz o sinal da cruz – errado, mas faz –, e quando volta a abri-los, os animais sumiram. Dá um alívio sem tamanho ficar longe deles, é hora de voltar pra casa, tudo o que ela quer é isso, voltar para casa, ser quem sempre foi, mas – que merda! – o que tem pela frente é uma gigantesca tempestade de areia que toma conta de tudo. Resta a Elisa se enfiar na fenda do rochedo mais próximo, tão estreita que mal dá passagem até a caverna cujo solo treme, o dia vira noite, pedras rolam por todos os lados, é esse o lugar onde vai pagar pelos seus pecados, é aí que vai morrer destroçada como praga que se cumpre, na mais completa solidão. Tem uma hora que a dor é tanta que não adianta sofrer. Ela passa a ver o que acontece como num filme. Chega dessa vida vazia, estéril. Chega deles todos. Basta. Se sair viva dali, já está no lucro. A cada estrondo a escuridão aumenta. Não tem mais volta, então grita, grita como nunca, grita pelo que ficou, pelo que foi, pelo que deixou, grita até a garganta secar e uma pedra do tamanho de um ovo atingir sua testa. Ela cai de cara no chão, mas só desmaia quando o olho imenso de um iguana encosta no seu nariz.

PINOS REDONDOS NOS BURACOS QUADRADOS

Se Joelma me visse agora, espiando atrás da cortina de brocado bordô que separa a saleta reservada do salão onde o fiel Louis atende a meia dúzia de clientes do que já foi o melhor bordel masculino do sul do país, como se refere ao La Bichone, me daria nos dedos, mandando que me sente, pegue um livro e sossegue até a chegada do doutor, que nunca falha. E eu concordaria, porque cada palavra dela era uma ordem e este lugar, pra mim, pra nós, sempre foi um santuário. Então me digo como ela diria: te acalma, bicha. Mas mantenho a posição, que teimosia nunca me faltou, e sigo esperando o digníssimo, amantíssimo dr. Armando V. Jr. chegar pontualmente atrasado, como hoje. E lá vem ele, cara de poucos amigos, carregado de pastas e papéis que deposita na ponta do balcão, vai ao banheiro e volta instantes depois mais recomposto, bem penteado, gola rolê preta sob colete roxo, toma de um gole só o *bourbon* que lhe é servido por Louis e vem para a sala, onde me apresso em sentar na poltrona que, dizem, era a preferida de M. de A. quando frequentava a casa que não ousa dizer seu nome. Um toque rápido em meu ombro serve de cumprimento. Nada diz, nada falo. Tira de minhas mãos o livro de poemas de Kerouac e recita, com a voz de Caruso característica: *o homem não se preocupa na metade*. Repete devagar: *o homem não se preocupa na metade*. Resmunga, o que diabos quer dizer com isso? Deve ter sido insolação de tanto correr atrás de Neal pela Califórnia. E ainda se diz admirador de Rimbaud...

Arranco de suas mãos o exemplar e retomo a leitura, a indignação não deixando que grave uma palavra do que ali consta. Essa mania, quase obsessão de Armando, por comparar tudo o tempo todo me tira do sério. Kerouac *versus* Rimbaud, Shakespeare *versus* Cervantes, Machado *versus* Barreto e por aí vai. Pra ele, nenhum talento se mede sozinho, sua régua é desmedida. Recita em tom apaixonado: *ah! voltar de novo à vida! Lançar os olhos sobre nossas monstruosidades. E este veneno, este beijo mil vezes maldito! Minha fraqueza, a crueldade do mundo! Meu Deus, piedade, ocultai-me, não estou em condições de proteger-me! Estou escondido e não o estou. É o fogo que se ergue, com o seu danado.*

Na última frase, ele vacila, solta um gemido, parece tontear. Não dou bola. Armando é um ator nato, vive representando. Consulto a hora: 21h19min. Duas horas de atraso. Esperá-lo tem sido um de meus afazeres mais frequentes. Tentei retribuir a descortesia com igual atitude, sem êxito. Não podemos trair quem somos. Toca de leve meus cabelos, escassos em comparação com os seus, bastos e negros como os de seu ídolo. As circunstâncias me impedem de reagir como gostaria. Somos homens de bem, cevados na cultura dos clássicos, em remissão de pecados inevitáveis. Nossa palavra de nada serve, exceto como couraça. Então topo Rimbaud *versus* Kerouac e a função recomeça. Tem uma voz linda, o danado, e mesmo quando a mão dele desliza por minhas costas e meu corpo se curva para melhor senti-la, o ritmo não esmorece: *A quem me alugar? A que animal é preciso adorar? Contra que santa imagem investir? Que corações quebrarei? Que mentira devo sustentar? Em que sangue caminhar?*

Os versos me atordoam. Me ergo para abraçá-lo, dizer que. Então eu vejo, sob a orelha esquerda, um pequeno filete rubro escorrendo. Puxo o lenço de seu bolso. Está todo salpicado de vermelho. Quero chamar ajuda. Ele faz sinal pra que me cale e impede minha passagem. Seguro sua cabeça com as duas mãos pra que me olhe e diga o que está acontecendo, mas ele se solta e meus dedos pendem ensanguentados para o tapete gasto que já conheceu lutas melhores. Conduzo-o com firmeza até a poltrona e examino seu crânio. Algumas lacerações se destacam. Hospital, já! Armando se nega. Os agressores – a laia que aciona o revólver quando a cultura se manifesta – devem estar à sua espera. Mais uma razão, pondero. Não quer dar o gostinho. Vai correr risco de vida por essa gentalha? Não. Tento abraçá-lo, ele geme de dor. Ergo a ponta de sua camisa, outras manchas se espalham. Vou procurar ajuda. Não! Agarra meu braço com força. Ok, ok. Me desvencilho e vou ao banheiro, de onde volto com toalhas de papel e alguns guardanapos de pano tirados do bar no caminho. Uma garrafa de rum pra desinfetar feridas e acalmar ânimos. Faço alguns arremedos de curativo na cabeça, nos ombros, no abdômen. Insisto sobre o hospital. Ele diz que já está melhorando, leia para mim, por favor. Escandindo cada palavra, recito: *Aqui estão os loucos. Os desajustados. Os rebeldes. Os criadores de caso. Os pinos redondos nos buracos quadrados. Aqueles que veem as coisas de forma diferente. Eles não curtem regras. E não respeitam o status quo. Você pode citá-los, discordar deles, glorificá-los ou caluniá-los. Mas a única coisa que você não pode fazer é ignorá-los. Porque eles mudam as coisas. Empurram a raça humana para a frente. E, enquanto alguns os veem como loucos, nós os vemos como geniais. Porque as pessoas loucas o bastante para acreditar que podem mudar o mundo são as que o mudam.*

Os pinos redondos que apanham, mas movem o mundo... A que preço? Até quando? Armando questiona com a voz triste, agarrando minhas mãos. Vamos ficar juntos. Nossos poetas precisam de nós, mais do que nunca. Sabe o que imagino? O garoto de Massachusetts, teu amado Jack, sentado à janela de um beco no Village a desenrolar/vomitar sua história, naquele imenso uivo coletivo do pré e do pós-guerra – por que há sempre alemães no calcanhar de nossos heróis? – e o belo Arthur, em sórdidas mansardas, rabiscando caderno após caderno com maldições iluminadas. Jack e Arthur, dois bons filhos, estudiosos, valorosos, que não resistiram à língua afiada, à mente inquieta. Por mais que tentassem, as regras não foram feitas pra eles. Nem o exército deu conta deles. Dispensados sem honras, os dois. Pé na estrada é o que lhes cabe, o que terão. A grande cidade os atrai como esfinge, mas é preciso rasgar-lhes a carne, dentada a dentada. E para isso se prestam. *Nos* prestamos.

Armando respira mal, perde força. Tomo a dianteira, retomo a história. Começa a caçada. Há muitas bestas a serem abatidas no caminho: parnasianos, putinhas, moral burguesa, esposas ciumentas, garotas bacaninhas, putos vendidos, letras vencidas, editores burros, caretas, conformes, gananciosos, ignorantes, naturezas mortas. E a palavra, apenas a puta da palavra como munição. Sexo, drogas, verso, drogas, sexo, reverso, a roda dos enjeitados não para. O preço da transcendência é o risco da demência. Em algum canto escuro da alma, uma mente sôfrega assalta os malditos de coração. A morte ou o exílio rondam, não há diferença ou alívio, sequer escolha. Apenas o destino de quem vai porque tem que ir. E o grito que não cessa. De costa a costa, Jack no encalço de Neal. De costa a costa, Arthur atrás de Verlaine, vaivém de tormentos abatidos a tiros. Verlaine é preso. Verlaine tem remorso. Verlaine se faz redentor tardio do amante que perdeu pra África e resgatou pra culto de Jack, tanto tempo depois, matutando o que vai despejar naquela janela do Village para Ginsberg, Burroughs e tantos outros como nós, que tentamos reproduzir sua verve, na esperança de redenção. Armando reage: redenção? De quê? Nós somos os alvos das balas, não os que atiram, não está vendo? Silencio minha ignorância antes que faça mais estrago. Compartilho o rum que sobrou, me sento no braço da poltrona e acolho sua formidável cabeça em meu colo.

Batidas fortes na porta. O som de uma altercação vem do bar. Apago a luz do abajur, espio pela cortina dois homens parrudos e uma loira de cabelos espigados e jaqueta *hell angels* afrontando Louis. Ele não responde. A bandeja é jogada no chão, Louis se ajoelha para recolher os copos, os três aproveitam para chutá-lo. Minha vontade é correr até eles e enchê-los de porrada, mas não posso expor Armando. Os outros clientes – Oliva e Marcus, as clientes ricas da casa, com seus respectivos *boys* de top de lurex – se aglomeram num canto, transidos de medo. Louis não geme, não reage. Os agressores vão com tudo. Procuro na saleta algum objeto que possa usar como arma. Espio de novo. O corpo de Louis jaz no chão. Os homens vão pra trás do balcão buscar bebida e quebrar o que podem. A mulher vem em minha direção. Abre a cortina, tateia em busca do interruptor de luz, não o encontra e se aproxima da poltrona, atrás da qual me agacho. Ao notar a presença de Armando, ela faz menção de alertar seus companheiros, porém um castiçal de bronze do século XVIII atinge sua nuca e ela cai inerte aos nossos pés.

É grande a algazarra no bar. Oliva e Marcus têm suas calças arriadas, garrafas quebradas formam riscos nas nádegas de Oliva, que suplica, geme, chora. O careca parrudão imita em falsete o que diz o velho, o dos *piercings* na boca manda que Marcus faça a marcação, X ou O na bunda do amigo? Ele se recusa, apavorado, leva um par de tabefes que o deixam de joelhos, jogam sua peruca longe, que tal o jogo da velha nessa bundinha aí? Não suporto ver isso, preciso fazer algo, arrasto o corpo da mulher pra perto da porta. Jogo coisas no chão e contra a parede, causando barulho. O som atrai os homens, que entram devagar na sala escura. O grandalhão vem na frente. Mari! Mari! Mais um passo e tropeça no corpo da mulher, sobre quem cai. O que vem atrás tropeça sobre os dois. Conto com a ajuda de meu castiçal certeiro e dos truques aprendidos na luta das ruas.

Brando o instrumento em todas as direções. A fúria toma conta de mim, bato com força, com uma vontade que não sabia que tinha, cravo fundo o castiçal nos crânios que racham, não vejo, mas escuto o *crunch* penetrando o osso e vou com mais força ainda, bato, bato porque posso, porque gosto, estranhamente gosto de bater, trucidar, fazer picadinho desses miseráveis. Estão ouvindo o som que faz o bronze nas cabeças que se desmancham ao meu toque? Estão ouvindo? Em nome de Armando, dá-lhe uma! Em nome de Louis, dá-lhe duas! Em nome de Oliva, de Marcus, dá-lhe três, dá-lhe quatro, dá-lhe todas em nome dos pinos redondos nos buracos quadrados! Não vejo nada, as mãos fazem o que devem, e isso me basta. Ao menos desta vez, ¡no pasarán! Largo o castiçal e vou até Armando, que continua imóvel na poltrona. Aproximo meus lábios dos dele. Ainda estão quentes, balbuciantes, embora eu não distinga o que dizem. Um beijo na testa, um carinho na face e vou para o bar. Oliva, Marcus e os rapazes estão aterrorizados. Não é pra menos. Tento tranquilizar: não tem perigo, acabou. Eles se abraçam e choram, lambem as feridas. Não é a primeira nem será a última vez que pagam o preço de ser o que são, porém agora é preciso se recompor, ajudar uns aos outros. Vou até a entrada, chaveio a porta e coloco a tramela de segurança. Chega por hoje. Pego algumas toalhas de mesa e com elas me recomponho no banheiro. Quando volto ao salão, os jovens estão juntando mesas, sobre as quais estendem o corpo de Louis. Marcus, Oliva e eu limpamos com carinho quem sempre nos deu o melhor de si. Acendemos velas à sua volta. Ninguém reza. Não há o que agradecer, mas um dos rapazes canta Piaf em sua homenagem. A voz é delicada, a emoção é grande. Hora de partir. Vamos até a saleta, onde reanimo Armando, que a muito custo se levanta e nos acompanha, amparado por mim e por um dos rapazes. Saímos pelos fundos. Na extremidade do beco, um carro nos aguarda. É o motorista de Marcus, na prontidão de todas as noites. Os velhos e Armando entram no veículo. Digo-lhes que esqueci algo importante e volto ao clube. Espalho bebidas pelo chão e derrubo as velas, que cumprem seu destino e fazem arder rapidamente a decrépita casa, junto com sua história, nossa memória. Assisto, fascinado, ao grande candelabro central cair com estrondo sobre o tablado onde lendários *shows* de transformistas conheceram a glória. Redondo sobre quadrado. A história se repete. Uma temporada no inferno é o que desejo pros cadáveres que jazem na saleta e pros vivos que os alimentam. Bato a porta e vou até o carro. Estão em silêncio. Sento no banco dianteiro. O motorista me pergunta: pra onde? Respondo sem titubear: pé na estrada.

SOMOS TODOS CAIM

O pôr do sol mais lindo do mundo começou com tons esmaecidos, passou a desbotado, virou pastel, perdeu a nuance e ficou como tudo que tanto faz, sem graça nenhuma. Não esperava por isso. Aquecimento global, pra mim, soava a hecatombe, não a ausência de beleza. Muito menos na rapidez com que se deu. Um dia estou lá, na orla, fumando um enquanto o sol não cai e pouco depois a notícia: degelo gigantesco, aumento perigoso dos níveis dos oceanos, São Francisco afundando, Rio em estado de calamidade pública, assim, de uma hora pra outra. Antes que o primeiro meme cruzasse os continentes, líderes mundiais se apressaram a desmentir a magnitude do desastre. Pegadinha, pensei. Coisa do demônio que nos governa. Então Torres sumiu com furnas e tudo e amarelei dos pés à cabeça – fui criada para confiar em utopias, não em fim do mundo. Foram dias terríveis, os primeiros. De instinto puro, de correr pros braços queridos, de se lavar de tanto chorar, até pra Deus rezei. Não deu muito certo. O fim está próximo demais pra ter volta. Fico puta, sabe? Um lugar lindo como este, digno de Jacques Costeau, Darwin, Heráclito, você jura que vai durar para sempre, aí um conselho internacional de cientistas vai pra TV e diz "gente, acabou, os mares estão em plena expansão, vão pra casa dormir que é melhor". O presidente do mundo sacudiu a franja e mandou construir enormes diques de costa a costa, as empreiteiras disseram que não tinha como, o James Cameron disse que não tinha como, a foice e o martelo disseram que não tinha como, o presidente disse que tinha como, sim, era só apertar o botão vermelho em cima de sua mesa que tudo se resolvia rapidinho, mas a grita foi geral e estamos assim, de braços cruzados, esperando a morte chegar. Não se sabe quanto tempo vai levar nem de que jeito vai ser, porque os cientistas também foram pra casa se despedir dos netinhos e das amantes, mas eu aproveitei pra parar de tomar banho e escovar os dentes e me pus a dançar ao som de Rita Lee. É a tia que eu mais amo. Danço até as pernas ficarem bambas e me jogo de quatro na cama. É como Fábio me encontra na terceira videochamada do dia.

– É assim que tu te prepara pro planeta água, de cu pra lua?

– Minha modesta homenagem... Lembra quando a gente se reunia pra ir à *vernissage* no Margs na maior elegância? Agora eu peido pra lua, como uma vaca indiana.

– Lindo! Pena que não dá tempo de publicar. O pessoal do Instagram ia adorar.

– Se tudo que a gente publicasse ajudasse em alguma coisa, não estaríamos nessa enrascada.

– Nessa altura, não importa saber onde erramos. A cagada tá feita, o fim já tá acontecendo. Uma zoeira tremenda aqui na avenida, aí não? Povo correndo de um lado pra outro pra saquear loja, banco, pra quê?

Me arrasto até a cozinha, onde a lata vazia deixa a xícara de café vazia. Mostro pro Fábio.

– *The end of the fucking world* e eu sem uma gota de café e nicotina no corpo! Se soubesse que saúde não faria a menor diferença, não tinha largado o cigarro tão cedo. Que desperdício!

Troco o café por gim e vou até a janela. Multidão desvairada pelas ruas. A vizinha do lado, na sacada, me brinda com uma garrafa de vodca na mão. Evangélica, abstêmia, aos 80 anos resolve enxugar os brindes alcoólicos que recebeu da firma ao longo dos anos. Parece contente. Bom proveito. O síndico, do meio da rua, me faz sinal pra loja de eletrodomésticos aberta. Sem noção. O que ele imagina que vou fazer com um liquidificador novo a esta altura? A turba e o som da turba começam a me irritar. Fecho a porta da sacada e volto pro WhatsApp. Fábio está reclinado na poltrona, uma máscara de tristeza ao som do concerto nº 3 para Brandemburgo a todo volume. Black Sabbath seria mais adequado para o clima, mas foi ouvindo Bach na Ospa que nos conhecemos e nunca mais nos deixamos. Deito na cama e me cubro com a manta sob a qual comíamos pipoca nas maratonas de filme *noir* e de Seinfeld. Vou morrer sentindo falta disso, sem entender como alguém – CEOs, presidentes, capitães de indústria, de seitas, governantes, financistas, senhores da guerra – pode preferir dinheiro a uma tarde ouvindo Tom Jobim, a um banho de cascata, a um passeio sob os plátanos no outono. Tiger, o velho angorá de Fábio, se enrosca sobre seus ombros soluçantes. Trocam carícias. O último gesto de amor pode ser felino. Humano dificilmente será. Não pela lei, ignorada depois da fatal notícia, mas pela falta de costume mesmo, pelo gesto que se treinou sozinho, esquecido do alheio depois de tão prolongado distanciamento social.

Uma sirene ressoa e se reproduz pela cidade por longos minutos, ou assim parece. Nos filmes de guerra, era o som que empurrava as pessoas pros abrigos. Abrigo – palavra tão cheia de significados, proteção, apoio, carinho, sentir-se em casa. Tive isso de sobra, até me desfazer, superior, arrogante. Daria tudo pra ter de volta essa sensação. Em vão. Tudo foi em vão. Inútil como a esperança sacana que sequer morreu por último. Agora me diz: como se escreve sem ser Shakespeare nem Machado: vida, vida, vida, por que me abandonaste?

***

O que é isso, um assobio? É doce, mavioso. Conheço a música, é de um filme antigo, algo a ver com ponte. Meu pai assobiava nos dias de bom humor. A família toda aprendeu a assobiar junto, menos eu, de talento musical zero. Não custa tentar. Um sopro, baixo e desafinado, é o que sai. Vamos lá, de novo. O mínimo a fazer é assobiar direito, o mínimo. O sopro sai mais forte, mas os soluços tomam conta e solto o berreiro. Fábio se emociona, me estende a mão, vou ao seu encontro, nossos rostos se tocam na tela, é tão bom chorar junto, abraçado, uma última vez. De perto ele não aguentaria, vaidoso como é, tocar este corpo suado, sujo, fedido, mais de bicho que de gente. Aliás, abro mão do título. Sem custos adicionais.

Um som forte, aterrador, vem da rua. Uma onda gigantesca, marrom como as águas do rio da infância, atravessa a Osvaldo e leva o chafariz de arrastão, em meio a corpos, muitos corpos, inteiros, aos pedaços, por vezes enlaçados a outros. Quero fechar os olhos, mas não consigo. O horror é nosso enredo, somos todos Caim. E segue o rio. Veículos, cartazes, quiosques, os brinquedos do parquinho, tudo submerso... Saudades de um verde. Saudade também é coisa antiga. Mas eu tenho, às vezes. De uma dinda de voz grossa e viciada em canastra que me queria bem. De Gal cantando Fatal. De curtir bichinho, flor, Van Gogh e Caetano. De acreditar, votar. Outra onda agora. Vem com tudo, redobrada força. Dá pra ver o Buda do parque boiando no meio da avenida. Acho que o rio tá se vingando, mandando suas piores águas pra nos engolir. Mas o mal é insidioso por natureza. Da última vez, veio tão camuflado que não deu tempo de preparar remédio, vacina, nada. Nem quarentena adiantou. Ceifou e pronto.

Chegou a hora de me dedicar ao que importa, cortar o supérfluo. No banheiro, encontro o alicate que procuro há tempos. Enferrujado, mal e mal corta as unhas, mas tira um naco da carne. Sangue, esguicha sangue por tudo. Fábio vê e me xinga, manda chamar a SAMU – que ideia mais idiota! Resolvo o assunto fechando o *notebook* e procurando um instrumento mais cortante, a faca de destrinchar carne, quem sabe, pra cortar mais, cortar o que der. Não foram de utilidade pública nossos polegares opositores, foram? Que o gim me ajude, vou de gargalo mesmo, pra tontear logo... Putos! Canalhas! Assassinos! Rebento a paulada cada disco, cada sinal da maçã objeto de desejo e cupidez que botava todo mundo a falar, falar, falar e fazer merda, merda, merda. São, fomos, uns trouxas. Tá ouvindo o rugido? É outra onda, talvez a maior de todas. Tenho que me apressar. O importante é cortar o que falta, esses dedões inúteis que nos fazem pensar que somos gente e, se algum dia me encontrarem aqui, vão saber que esta sou eu, peluda e fedida como o animal que me foi destinado, eu, macaca, que polegar nenhum há de me fazer humana de novo, bicho.

Agradecimentos

Este livro foi gestado ao longo da oficina de criação literária ministrada pelo escritor Reginaldo Pujol Filho, cujos ensinamentos e estímulo foram – e são – essenciais para o desenvolvimento de cada texto nesta obra. Obrigada, Reginaldo, por tudo.

Pela leitura atenta e comentários críticos, meu profundo agradecimento aos colegas da oficina: Leandro Godinho, Ricardo Morales, Cauê Fonseca, Hugo César Rocha Paiva, Matheus Medeiros Pacheco, Leandro Adriano e Lucas Schilling.

Pelo apoio constante, meu muito obrigada ao amigo e criador da FestiPoa Literária, Fernando Ramos, leitor generoso e indispensável, sempre.

Obrigada, Marcelino Freire, amigo, escritor e criador da Balada Literária, pelas palavras com que me brindou na leitura dos originais e que foram decisivas para a publicação deste livro.

Obrigada, Joao Gilberto Noll, pela amizade que tanta falta nos faz.

Obrigada, amigos e familiares, por me apoiarem tão generosa e incansavelmente.

Obrigada, por fim, mas não por menos, aos leitores, editores, livreiros e todos que participam da cadeia produtiva que mantém viva a literatura, pilar de nossa humanidade.

Impresso em Porto Alegre em maio de 2021
para a editora Diadorim, no segundo ano da
pandemia de Covid-19 que custou centenas de
milhares de vidas de brasileiros.
Fontes: Alegreya/Alegreya SC/
Century Gothic e Merrycle.